初恋タイムリミット

時間切れ!?　未来に閉じこめられた彩都くん

やまもとふみ／作
那流／絵

POPLAR
KIMINOVEL

story
あらすじ

わたし、
上《うえ》野《の》真《ま》帆《ほ》。
小6だよ。

ついに大《だい》好《す》きな
彩《あや》都《と》くんといっしょに、
花火大会へ！

でもその直後、彩都《あやと》くんが
未来《みらい》に閉《と》じこめ
られちゃったんだ。
連れもどすための
ミッションは、
動画をバズらせて、
地《ち》球《きゅう》温《おん》暖《だん》化《か》を
逆《ぎゃく》転《てん》させること!?
大ピンチだけど、
わたし、絶《ぜっ》対《たい》泣《な》かない。
がんばる真帆《まほ》たちに、
力を貸《か》してくれたのは——?
つづきは小《しょう》説《せつ》を
読んでね★

character 登場人物

未来《みらい》の災害《さいがい》発生《はっせい》
時刻《じこく》を示《しめ》す時計。
これを遅《おく》らせることが、
ふたりのミッション！

日《ひ》比《び》谷《や》彩《あや》都《と》

頭がよくてクール。
学年でいちばん
カッコいいと言われている。

上《うえ》野《の》真《ま》帆《ほ》

小6。思っていることが、
顔《かお》に出ちゃうタイプ。
彩都《あやと》くんが好《す》き。

大《おお》崎《さき》省《しょう》吾《ご》

真《ま》帆《ほ》の幼《おさな》なじみ。
クラスで一番背《せ》が高い。
なぜか、真《ま》帆《ほ》にだけいじわる！

四《よ》ツ《つ》谷《たに》桐《きり》子《こ》

真《ま》帆《ほ》の友だち。
賢《かしこ》くてかわいい
みんなのお姉さん。

登場人物

目《め》黒《ぐろ》海《うみ》

海辺に住む、
自《じ》称《しょう》科《か》学《がく》者《しゃ》。
柴《しば》犬《いぬ》・シノノメを
飼《か》っている。

シノノメ

巣《す》鴨《がも》公《こう》平《へい》

校長先生。未《み》来《らい》守《まも》り隊《たい》の顧《こ》問《もん》で、
真《ま》帆《ほ》たちのよきアドバイザー。

渋《しぶ》谷《や》桜《おう》太《た》

一時は対立していたが、
今は未《み》来《らい》守《まも》り隊《たい》メンバーに。
実は面《めん》倒《どう》見《み》がいい。

もくじ contents

1 海《うみ》さんの家へ

「は、花火大会行きたいよ〜〜!!」

それは8月の中ごろの、とある日のこと。

わたし——上野真帆《うえのまほ》はとなりで自転車をこぐ彩都《あやと》くん——日比谷彩都《ひびやあやと》くんに訴《うった》えた。

さっき、休けいで立ちよったバス停《てい》の壁《かべ》で見つけたんだ。花火大会のポスターを!

花火大会は、来週だ!

い、行きたい!!! 彩都《あやと》くんとデートしたい!!!

でも、彩都《あやと》くんはあいかわらずの塩対応《しおたいおう》。

「真帆《まほ》、今日、なにしにきてるか忘《わす》れてないよね?」

「え、ええっと……デート、デスカ?」

思わず口から頭の中にあった願望《がんぼう》がこぼれると、彩都《あやと》くんからのまなざしが一気に冷《つめ》たくなる。

「デートじゃないから」

うわーん!

はい、そうです。

今日はデートではなく、**海《うみ》さん**にお話を聞くためにここ——海辺《うみべ》まで来たんでした!

海《うみ》さんっていうのは、海辺《うみべ》に住んでいる**科学者のお姉さん**。

おうちでいろんな研究をしていて、前に地球温暖化《ちきゅうおんだんか》を防《ふせ》ぐ方法《ほうほう》とか、教えてくれたんだ。

で、今日はなにを聞こうとしてるかって?

それは——この**腕時計《うでどけい》**にかかわる謎《なぞ》について。

わたしと、彩都《あやと》くんの腕《うで》には腕時計《うでどけい》が巻《ま》かれてる。

すごくふしぎな時計で、ある日とつぜん腕《うで》についていて、ふれることも外《はず》すこともできない。

そして、画面にうかびあがっている数値《すうち》は、**15年後の未来《みらい》の災害発生日時《さいがいはっせいにちじ》**を示《しめ》しているんだ。

未来《みらい》の災害《さいがい》——それは、彩都《あやと》くんの結婚式《けっこんしき》の最中《さいちゅう》に起こる水害《すいがい》だ。

原因《げんいん》は**地球温暖化《ちきゅうおんだんか》**。

だからわたしと彩都《あやと》くんはそれを食い止めるために、『**未来守《みらいまも》り隊《たい》**』っていうチームを作って、温暖化防止《おんだんかぼうし》チャレンジをがんばっている。

温暖化《おんだんか》の原因《げんいん》は、さまざま。

エネルギーの使いすぎとか、ものを大切にしないとか。わたしたちの生活に結《むす》びついてるって、わかってきたんだ。

そして、わたしたちが温暖化《おんだんか》を防《ふせ》ぐ行動をすると、災害発生日《さいがいはっせいにち》時《じ》を遅《おく》らせることができるみたい。

でもどうしてもわからないのが、**たまにわたしたちの体が透《す》けて見える現象《げんしょう》**のこと。

そのヒントをもしかしたら、同じ腕時計《うでどけい》をしている海《うみ》さんが持ってるんじゃないか。

彩都《あやと》くんがそう気づいて、やってきたんだ。

自転車を門の前に停《と》める。地面からは、モヤモヤと陽炎《かげろう》が立ち

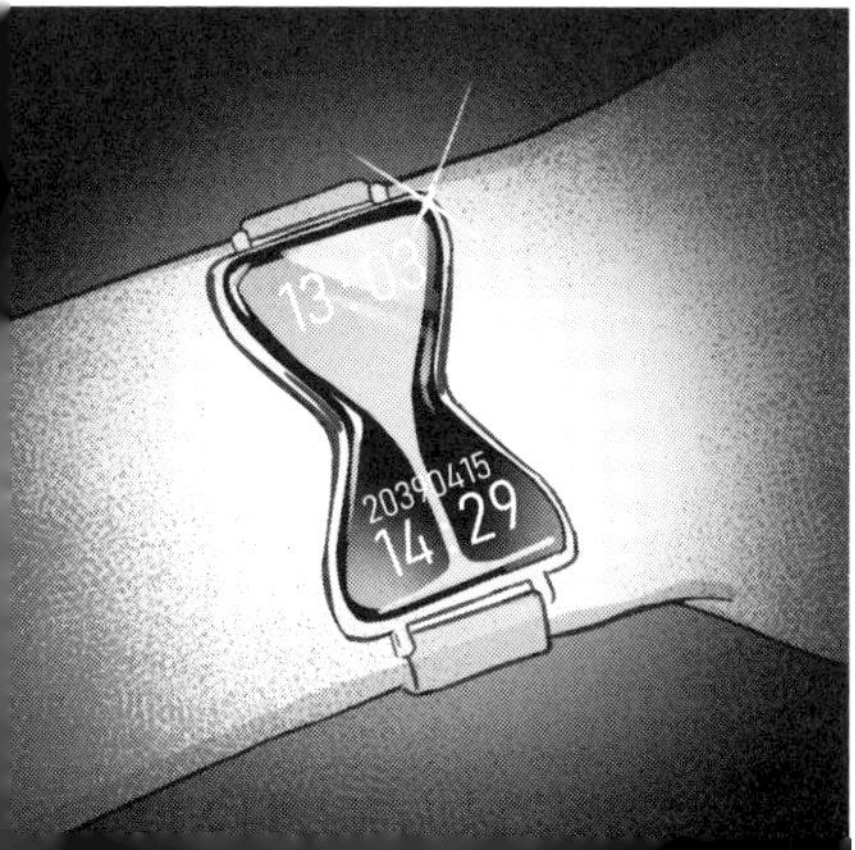

のぼっていた。

ピンポン、と玄関《げんかん》のチャイムを鳴らすと、ちょっとしてギギギッとドアが開く音がした。

「いらっしゃあい……」

頭がボサボサの海《うみ》さんがあらわれる。

「あっ、海《うみ》さん！」

も、もしかして、寝《ね》てたとか！！？　うっわああ！

「起こしてしまって、ごめんなさい！！！」

「いや、こっちこそごめん。昨日《きのう》までは覚《おぼ》えてたんだけど、徹夜《てつや》しちゃったからさあ、気がついたら寝《ね》てた」

足もとの柴犬《しばいぬ》、**シノノメ**もなんだか眠《ねむ》そうだ。

「入って〜……いつも以上《いじょう》に散《ち》らかっててごめんねえ」

あくびをしながら、海《うみ》さんが言う。

ついていくと、たしかに前以上《いじょう》に**カオスなリビング**（なのかわかんないけど）の奥《おく》の扉《とびら》が開いていて、わたしは目を見開いた。

彩都《あやと》くんもそこに釘《くぎ》づけになっている。

中には大きなモニターがずらりと並《なら》んでいて、足もとにも大きなコンピュータがぎっしりと並《なら》んでいた。

モニターには、数値《すうち》やグラフがびっしり。

何本ものグラフの線は、うねうねと生き物のようにうねっていた。

「あっ」

海《うみ》さんはギョッとして、あわてたように扉《とびら》を閉《し》める。そしてわたしたちをふり返って、恐《おそ》るおそるたずねた。

「……見た？」

「ええと……はい」

彩都《あやと》くんは正直にうなずいた。わたしもうなずく。

でも、あれってなんだろ？

「見られちゃったかあ……まぁ、でも……大丈夫《だいじょうぶ》かな、さすがになにを作ってるかはわかんないだろうし」

海《うみ》さんはぼそぼそと小さな声でつぶやいた。

うん。なにがなんだかさっぱり……だけど、見られたくないものだった？　どうして？

と思っていると、彩都《あやと》くんが言った。

「なにかの……シミュレーターですよね、今の」

海《うみ》さんはギョッとした顔になる。

「うわ……彩都《あやと》くんはごまかせないかあ」

えっ、彩都《あやと》くん、わかったの!?

さすが、天才!!

と思っていると、彩都《あやと》くんは肩《かた》をすくめた。

「といっても、一瞬《いっしゅん》しか見てないので、自信《じしん》はないんですけど……」

「うん、正解《せいかい》。わたしは**量子力学《りょうしりきがく》**が専門《せんもん》なんだ」

「リョウシ？」

なんだそれ？

「僕《ぼく》、このあいだ、近くの博物館《はくぶつかん》で量子《りょうし》コンピュータのイベントがあったので、見てきました」

「へえ、すごいね」

海《うみ》さんは感心したような顔。

わ、わたしだけ置《お》いてかれてる～～～!!

がっくりしていると、海《うみ》さんが部屋の扉《とびら》をもう一度開けた。

そこはすごくひんやりとしている。

「あ、エアコン入ってるんですね、涼《すず》しい！」

「ここだけはどうしても涼《すず》しくしないと、コンピュータがオーバーヒートしちゃうんだ。だからいつも閉《し》めきって冷房《れいぼう》入れてる」

ちょっとごまかすように海《うみ》さんは言った。

「なるほど……」

海《うみ》さんはモニターの表示《ひょうじ》をすばやく切りかえたあと、説明《せつめい》する。

「これは、未来《みらい》の気候《きこう》がどうなるかの予測《よそく》をしてるんだよ」

な、なるほど？　それならわかるかも。

ん？　でもそれって秘密《ひみつ》にするようなことかなあ？

ちょっとひっかかりながらもモニターをのぞきこむと、グラフがうねうねと動いた。

「これは、10年後、20年後、50年後の平均気温《へいきんきおん》。ただ、まだコンピュータのスペックが追いつかなくって、苦戦中《くせんちゅう》」

ゾッとする。

数値《すうち》はおそろしい予測《よそく》を示《しめ》している。

え、今より5度も高い。

「今でももう外に出るのが危《あぶ》ないくらいなのに……」

彩都《あやと》くんも深刻《しんこく》な顔だった。

「だからこそ、他の研究も並行《へいこう》してやらないとなあって思ってるところ」

海《うみ》さんはリビングを見る。

雑然《ざつぜん》としたそこには、あいかわらずたくさんの植物があり、水槽《すいそう》もあった。

そっか、シミュレーターで危険《きけん》を知ったから、こういう温暖化《おんだんか》を防止《ぼうし》するような研究もやってたってこと？

「ただ、これはひとりじゃできないんだよ。二酸化炭素《にさんかたんそ》を吸収《きゅうしゅう》する、このアマモも、植えるのにも人手がいるし、なにより勝手に植えたらダメだろうから、しかるべきところに協《きょう》力《りょく》を頼《たの》むしかない」

彩都《あやと》くんがうなずく。

「僕《ぼく》たちも手伝《てつだ》いたいです」

そしてふと手元を見下ろしてハッとした顔《かお》になる。

腕時計《うでどけい》が青く光っていた。

わたしも自分の腕《うで》を見ると、時計の災害発生日時《さいがいはっせいにちじ》が少し遅《おそ》くなっていた。

え、なんでだろ？

前にもこういうことがあった気がする。

「ちょっと、それ、見せてもらえるかな」

ふと海《うみ》さんが言った。

「**見える、んですか？**」

びっくりしちゃった！　だってこの時計は、わたしと彩都《あやと》くん以外《いがい》には見えないはずだから。

「見える、かと言われると、ぼんやりとしか見えないんだけどね。なんていうか、あると言われたら、あるのかもっていうくらい」

「どういう、ことでしょう」

彩都《あやと》くんがかすれた声でたずねる。

そうだ、腕時計《うでどけい》について聞くのがここに来た目的《もくてき》だった。

「わたしにもわからない。ただ、科学で説明《せつめい》できないことは、この世界にはないってわたしは思ってるよ。今はわからなくとも、いつかは――」

海《うみ》さんは真剣《しんけん》な顔になると、じっと自分の腕《うで》を見た。

そこにはわたしたちと同じ時計があるように見える。

「わたしも、かつてはここに時計が見えていて、カウントダウンが表示《ひょうじ》されてた」

え？　カウントダウンってことは、やっぱりおんなじ時計？

でも今は見えてないんだ？

「今は、見えないってことですか？」

彩都《あやと》くんもちょっとおどろいている。海《うみ》さんは悲しそうにうなずいた。

ふとふしぎに思ってたずねる。

「海《うみ》さんの時計は、最後《さいご》に見えたとき、どんな状態《じょうたい》だったんですか」

「止まってる状態《じょうたい》だった」

「止まったって……数値《すうち》がですか？」

「数値《すうち》も、時計の機能《きのう》自体も」

彩都《あやと》くんはハッとした顔になって質問《しつもん》した。

「どうして止まったんですか」

わたしは別《べつ》のことを考えた。止まったのはいつなんだろうって。

こわくて深く考えられなかったけれど、カウントダウンが進んで、時計の示《しめ》す災害発生《さいがいはっせい》時刻《じこく》が、今の日時になったとき？

海《うみ》さんはその答えを知ってるってこと？

「うーん」

海《うみ》さんはちょっと困《こま》ったように眉《まゆ》を寄《よ》せる。その顔が泣《な》きそうな顔に見えてわたしはドキリとした。

「わたしはね、あのとき、全部あきらめたんだ。だからこうして生きていられる」

「あきらめた？」

答えになっているような、いないような。そんな返事にとまどう。

海《うみ》さんは、今、こうして生きている。

それがあきらめたからって……どういうこと？

でも、ってことは、あきらめたら、彩都《あやと》くんはたすかるってこと？

え、思ってたのと、逆《ぎゃく》じゃない!?

「あの……」

彩都《あやと》くんが恐《おそ》るおそるたずねた。

「海《うみ》さんも……見たんですよね？　未来《みらい》を」

知りたい、とわたしも思った。

じっと見つめると、海《うみ》さんは困《こま》ったように首をかしげた。

「未来《みらい》？　ああ……そうか、最初《さいしょ》はそう思っちゃうよね」

その反応《はんのう》が気になる。

え、未来《みらい》、じゃないの？　どういうこと？

訳《わけ》がわからなかった。

混乱《こんらん》しつつ見ると、彩都《あやと》くんもそうだったのか顔をしかめていた。

「その……海《うみ》さんが見たのはどういう……」

「真帆《まほ》ちゃんたちは？」

海《うみ》さんは答えず、逆《ぎゃく》に質問《しつもん》される。

「ええと——15年後の、彩都《あやと》くんの、結婚式《けっこんしき》で——」

濁流《だくりゅう》が頭に浮《う》かぶと、こわくて顔が引きつる。声がふるえた。

彩都《あやと》くんはわたしの言葉をさえぎるように言った。

「僕《ぼく》は……結婚式《けっこんしき》のときに発生した水害《すいがい》で、濁流《だくりゅう》に流される未来《みらい》を見ました」

「そう、なんだ」

海《うみ》さんはおどろいたように目を見開いて、じっとわたしたちの腕《うで》を——腕時計《うでどけい》を見る。

「わたしも似《に》たようなものかな。って、そちらを選《えら》ばなかったから、あんまり覚《おぼ》えてないんだけどね」

か細い声で海《うみ》さんは言った。

ん？　意味がわからなかったけど……似《に》たような……ってことは。海《うみ》さんも結婚式《けっこんしき》で流された？　でも今、こうして生きてるよね？

わたしは意見を求《もと》めて、彩都《あやと》くんを見る。

「ってことは、海《うみ》さんのパートナーは……どうなったんですか」

彩都《あやと》くんはむずかしい顔のままでたずねた。

パートナーという言葉に、彩都《あやと》くんのお嫁《よめ》さんのことを思い出す。

胸《むね》がぎゅっと痛《いた》くなって、わたしは胸《むね》のあたりを手で押《お》さえた。

「**わからない。でも、きっとどこかで生きていると思うよ**」

「わからない？　……って」

もどかしくて、わたしはたずねようとしたけれど、途中《とちゅう》で口を閉《と》ざす。

海《うみ》さんの顔が、すごく切なそうで。

見ているだけで胸《むね》がはりさけそうだったから。

2 夏休みの宿題は？

「それにしても、15年後か……だとしたら、わたしは、もっと研究がんばらないとねえ」

海《うみ》さんはふっと息をはくとそうつぶやいた。

「え？」

どういう意味？

首をかしげると、海《うみ》さんは急にニッと笑《わら》う。

「――そういえば、夏休みの宿題は終わったのかな？」

いきなり話が変《か》わって、ぎくりとする。

え、なんで、そんないやな話するんですかあ!?

見ると、海《うみ》さんの顔からはさっきまでの暗い影《かげ》はすっかり消えていた。

それがあんまりにも一瞬《いっしゅん》のことだったから、びっくりしてしまう。

さっきの、悲しそうな顔、見まちがい？

「えっと、海《うみ》さん……」

「彩都《あやと》くんは終わってそうだねえ」

どうやら海《うみ》さんは、それ以上《いじょう》、時計の話をしないつもりみたいだった。

うーん。

つらそうな顔を思い出すと、これ以上《いじょう》は聞けないかも。思い出したくないことなのかもしれないし。

でも、今の話でわかったことはけっこうあった気がする。

海《うみ》さんもわたしたちと同じで、未来《みらい》を見たっぽいこと。

そして時計のカウントダウンを経験《けいけん》したこと。

それから……。

『全部をあきらめた』ってのがどういうことなのかはわかんなかったけど、その危機《きき》をなんとか乗りこえたらしい――**つまり、危機《きき》を乗りこえられるってこと。**

収穫《しゅうかく》はあった。

彩都《あやと》くんを見ると、彩都《あやと》くんもそう思ったのか、小さくうなずいた。

「宿題……僕《ぼく》はあとは自由研究だけですけど」

「えっ」

わたしはびっくりした。

だって、夏休みはあと2週間もあるんだよ!?

「真帆《まほ》、2週間『しか』、だと思うんだけど」

じとっと冷《つめ》たい目をむけた彩都《あやと》くんは、ふと考えこんだ。

そして探《さぐ》るような目を向けた。

「まさかと思うけど、真帆《まほ》、宿題全然《ぜんぜん》やってないなんてこと……ないよね？」

ギックウ!!!

「ハハハ、そんなわけ……」

わたしは情報《じょうほう》がもれないように、そっと口を押《お》さえる。

あります。

「夏休みの友」も日記も真っ白です。

もちろん自由研究なんてするつもりはありませんでした～!!

だって自由ってことは、やらない自由があるってことでええ！！！

彩都《あやと》くんのまなざしがどんどん冷《つめ》たくなっていく。

口から出てた!?

そんな！　口閉《と》じてたのに！！！

「顔でわかる」

うっわああ、なんでええ！？？　いつの間にそんなスキルを身につけたの!?

海《うみ》さんが楽しそうに笑《わら》う。

「彩都《あやと》くん。真帆《まほ》ちゃんがちゃんと宿題をやったら、ごほうびをあげたらどうかなあ」

えっ、ごほうび!?

「ほら、目の前ににんじんをぶら下げたら馬はよく走る」

ん？　どういう意味？

「……」

彩都《あやと》くんはちょっと考えこむ。

そして、ちらっと窓《まど》の外を見たあと、

「それなら……ちゃんと終わらせたら、花火を見に行こうか。花火大会まであと1週間だけど、ちゃんとやれる？」

と言った。

えっ、えええええっっ!?

「やる。やるよ、今日中に！　全部！」

「それはさすがに無理《むり》だから」

彩都《あやと》くんはあきれたように言う。だけどその顔はちょっとだけやさしかった。

そのあと、わたしはとにかく机《つくえ》にかじりつくようにがんばった。

毎年、**始業式の前日**からめっちゃがんばってるんだけど、今年のわたしは違《ちが》うよぉ!!

「いや、前日からって……どういう神経《しんけい》してるの……」

目の前では、彩都《あやと》くんがあきれたように苦笑《にがわら》いしていた。

な、なんと!

実は今日、彩都《あやと》くんのおうちで勉強させてもらってるのです!!

真っ白の宿題を心配した彩都《あやと》くんが、声をかけてくれたんだ。

今年は6年生だからけっこうむずかしいよって。

僕《ぼく》でも1週間はかかったって。

なーんて、おどされなくても、彩都《あやと》くんの家とか、**行くに決まってるじゃん〜〜〜!!**

お部屋は整理整とんされていて、机《つくえ》の上はスッキリと片《かた》づいている。

本棚《ほんだな》にはいろんな本がたくさん並《なら》んでいて、図鑑《ずかん》がずらり！　伝記《でんき》がずらり！　わたしの漫画《まんが》がずらりの本棚《ほんだな》とだいぶ違《ちが》って大人っぽい。

うっわあ、彩都《あやと》くんらしい、かしこそうでかっこいいお部屋！

「真帆《まほ》、集中」

彩都《あやと》くんはというと、となりで自由研究をやっている。

ダンボールを組みたてているけど……一体なに？　工作かな？

「彩都《あやと》くんはなにやってるの？」

「僕《ぼく》は、**コンポスト**を作ってる。このダンボールにあとで土を入れるんだ」

そう言うと、彩都《あやと》くんは作ったものの写真をスマホで撮《と》る。

「コンポストって？　郵便屋《ゆうびんや》さん？」

頭の中に真っ赤なポストが浮《う》かびあがった。

彩都《あやと》くんはあきれはてている。

「**生ゴミを微生物《びせいぶつ》の力で自然《しぜん》に返す**ためのものだよ」

「ビセイブツ？」

ってなんだろ。

「人にとってはゴミでも、目に見えない小さな生き物にとっては食べ物になるんだ。そうして分解《ぶんかい》されたものが栄養《えいよう》たっぷりの土になる」

へえええええ！　すごい!!

「猛暑《もうしょ》で時計の数値《すうち》がだいぶ停滞《ていたい》したからさ、ちょっとでも挽回《ばんかい》しないと」

「……すごい」

すごすぎて、すごいしか言葉が出てこない

Q & A

ゴミが消えるってすごいね！
コンポストに入れたら、なんでも土になるの？

いや、入れていいのは**生ゴミだけ**だよ。
ただ、日本で出るゴミの**約《やく》40%《パーセント》は生ゴミ**だから、
生ゴミが減《へ》れば、ゴミを燃《も》やすときに出る
二酸化酸素《にさんかさんそ》を大きく減《へ》らすことができるんだ。

おお！　二酸化酸素《にさんかさんそ》を出す量《りょう》が減《へ》るってことは、
つまり**地球温暖化防止《ちきゅうおんだんかぼうし》**になるってこと！
すごい〜〜！

〜!!

宿題を終わらせた上で、さらに自由研究でも、『未来守り隊《みらいまもりたい》』の活動のことまで考えてるとか。余裕《よゆう》がすごい……。

「せっかくだし、真帆《まほ》もやる？」

「え、いいの？」

彩都《あやと》くんはうなずく。

「少しでもたくさんの人でやったほうがいいに決まってるし」

そっか！　自由研究っていうより、未来守り隊《みらいまもりたい》の活動としてやろうってこと！

やる、やります！

だって彩都《あやと》くんといっしょに自由研究とか！　**やったあああ！**

「あ、もちろん『夏休みの友』が終わってからだから」

釘《くぎ》を刺《さ》され、わたしはうなずくと、切れかけていた集中力を取りもどそうとがんばった。

そして、花火大会の前日。

ついにわたしは自由研究以外《いがい》の宿題を終わらせたんだ！

3 花火大会へ

夕暮《ゆうぐ》れの海辺《うみべ》には、まだ昼間の熱気《ねっき》がうねっていた。

「あっついよ〜」

と口から出るものの、それは気温のせいだけじゃないと思う！

だってだってだって！

となりには紺色《こんいろ》の**浴衣姿《ゆかたすがた》の彩都《あやと》くん**がいるから!!

ぎゃあああ、かっこよすぎるううう！！！

チラチラと視線《しせん》が集まっているのがわかる。

ううう、こんなかっこいい男の子といっしょに歩いてたら、嫉妬《しっと》で刺《さ》されそうだよ〜〜！

と思っていると、彩都《あやと》くんが「真帆《まほ》、ぼうっとしてたら迷子《まいご》になるよ」とわたしの浴衣《ゆかた》の袖《そで》をつかんだ。

わたしは今日、お母さんのお下がりの浴衣《ゆかた》を着てきてるんだ〜！

お母さんもそんなに大きいほうじゃないから、サイズはぴったりだ。

って言っても自分じゃ着られないから、**キリコちゃん**に着せてもらったんだけどね。

キリコちゃんとこは毎年浴衣《ゆかた》を着る機会《きかい》があるみたいで、おうちに着つけの本が置《お》いてあったんだ。

見よう見まねでやってみたけど……。

ひまわり柄《がら》だけど古風な柄《がら》で、ちょっとだけ大人っぽいし、ど、どうかなあ？　変《へん》じゃないかなあ……。

「似合《にあ》ってる」

え？

な、なんか、今、すごい言葉が聞こえた気がするんだけど！？？　もう一回お願《ねが》いします！！！

「行くよ」

彩都《あやと》くんはわたしの手首をつかむと、足早に海辺《うみべ》へと向かう。

海辺《うみべ》への道はいつもはガラガラなんだけど、今日は出店がたくさんで人もたくさんだ。

人だかりがあって、そこで渋滞《じゅうたい》が起きている。

「バイキング恒例爆買《こうれいばくが》い企画《きかく》！　挑戦中《ちょうせんちゅう》で〜す！　出店商品全制覇《ぜんせいは》！　最後《さいご》にやってきたのは——」

ん？　なんだろ？

気になって見ると、戦隊《せんたい》モノのお面をかぶり、大量《たいりょう》の商品を腕《うで》にかかえた人が、さらにたこ焼《や》きを買おうとしている。

うわっ、なにあれ。

わたしは思わず顔をしかめてしまう。

わたあめ、焼《や》きそば、チョコバナナ、焼《や》きとうもろこし、りんご飴《あめ》、イカ焼《や》き、アイスクリームにかき氷……と大量《たいりょう》の食べ物を腕《うで》にかかえている。

さらに足もとにはすでに持ちきれなかったのか、お面がたくさん落ちている。

小さい女の子が好《す》きそうなアニメキャラクター、それからひょっとこやきつねまである。

アイスクリームやかき氷はもう溶《と》けかけてるし、なんだかもったいないなあ。

かき氷とか、溶《と》けたらただの甘《あま》い水だよ？

全部食べてから買えばいいのに。

そう思っていると、彩都《あやと》くんがこわい顔で言った。

「あれ、多分**バイキン**だな。このあたりに住んでるんだ」

「え？」
バ、バイキン!?　彩都《あやと》くんの口から、**ヒボーチューショーが……！**
え、聞きまちがいだよ、ね!?

耳をうたがっていると、

「**うわわあ！**」

その人がたこ焼《や》きを持ちきれずに落としてしまう。

わっ、たいへん!!

わたしは思わずかけつけてたこ焼《や》きを拾った。

よかった！　パックに入ってたから、まだ食べられそう！

「砂《すな》、ついてないです！　よかったですね！」

そう言って手渡《てわた》そうとしたとたん、ゲラゲラという笑《わら》い声がまわりから起きて、わたしはキョトンとしてしまった。

え？

「君さあ……空気読んでよぉ」

渡《わた》された人はなんだかムッとしている。そして「そんなゴミ、いらねーし」と言って、ちっと舌打《したう》ちした。

ご、ゴミィ！？！？

「おい、今のとこ、編集《へんしゅう》でカットね〜！」

それで気がついた。カメラを持った人がいる。

あ、テレビ⁉

どうやらわたし、撮影《さつえい》のジャマをしてしまったみたいだ。

で、でも！　**食べ物は、ムダにしちゃダメなんだよ〜〜〜！！！**

そう言おうとすると、わたしの前に人が割《わ》りこんだ。なぜかひょっとこのお面をかぶった彩都《あやと》くんだった。

どうやら地面に落ちていたのを拾ったらしい。

カステラ
?

彩都《あやと》くんはわたしの顔になにかをかぶせる。

これも落ちていた**おたふくのお面**。えっ、ひどい。

外《はず》そうとすると、彩都《あやと》くんは「顔が映《うつ》るから」とそれを制《せい》した。

あ、そうか。

撮影《さつえい》してるもんね。

万が一、映《うつ》っちゃったら嫌《いや》だ。

わたしがおとなしくすると、彩都《あやと》くんは大きな声でキッパリと言った。

「食べものをムダにしておもしろがるのは、よくないと思います」

「はあ、おまえなんなんだよ？」

横に立っていた赤い戦隊《せんたい》モノのお面をかぶったリーダーらしき人が、まわりを気にしつつ、引きつった顔で言った。

するとまわりにいた戦隊《せんたい》お面メンバーが、リーダーに加勢《かせい》する。

「彼女《かのじょ》の前だからって、カッコつけてんの？　笑《わら》える」

「真面目《まじめ》すぎると女子にモテないよ？」

はあああああ!?

か、彼女《かのじょ》って!!　そう見えますか!?

――って喜《よろこ》んでる場合じゃないから!!

彩都《あやと》くんになんてこと言うんだよ!!

真面目《まじめ》のどこが悪いんだヨォおおお!???

真面目《まじめ》な彩都《あやと》くんは、あんたたちの数百倍かっこいいから、学校でもモテモテだからねえええええ!!!

ってていうかそのお面、戦隊《せんたい》モノのイメージダウンになるから外《はず》したほうがいいと思うんですけどおおお!!!

ちびっ子がマネしたらどうするんだよおおお!

わたしがムッとして言い返そうとすると、彩都《あやと》くんが「ちょっと黙《だま》って」とわたしの口の前に手を出した。

彩都《あやと》くんはリーダーの人に向き直る。

バチバチと視線《しせん》がぶつかるのがわかる。

リーダーの人は、なにか言おうとしたけれど、ふと顔をしかめて言葉をのみこんだ。

ん？　なんだろ？

「……なんか、萎《な》えたな。次、行こっか」

リーダーの人はちょっと気まずそうに背《せ》を向けると、顔をかくすようにお面をかぶり直した。

それを合図のように、他のメンバーもそそくさとその場を離《はな》れていく。

わたしは「あ、これ」とかぶっていたお面を外《はず》して、渡《わた》そうとする。

だって、落とし物だよね？

でも「いらねえし、やるよ」と言《い》い捨《す》てて、彼《かれ》らは去っていった。

へっ？　**いらないのはわたしもですけど～!!**

……って、ん？

よくわかんないけど、これ、彩都《あやと》くんの勝利《しょうり》ってことでいいですか？？？

「真帆《まほ》、勝った負けたじゃないから」

彩都《あやと》くんは小さく息をつく。

そのこめかみからは汗《あせ》が流れ落ちている。どうやら緊張《きんちょう》してたっぽい。そりゃそうだよね、たくさんの大人にひとりで訴《うった》えてたんだもん。

で、でも、彩都《あやと》くん、めっちゃかっこよかったああ！

「真帆《まほ》は、もうちょっと考えて行動しないとダメだから」

「は……はあい……」

そ、そうだよね。わたしが飛《と》びこまなかったらこんなことにならなかった。

「ごめん、彩都《あやと》くん」

せっかくの楽しいデートだったのにぃ……！　**台なしにしちゃったよお！**

「デートじゃないから、まだ」

そっけなく彩都《あやと》くんは否定《ひてい》する。

ええええ……。

でもそっか。

彩都《あやと》くんはわたしのこと好《す》きじゃないんだもんねえ……。

好《す》きな子とじゃなきゃデートって言えないか。

そもそも、将来《しょうらい》は夢《ゆめ》に出てきた**あのお姉さん**と結婚《けっこん》するって決まってるんだし。

わかってるつもりなんだけど、ときどきどうしても期待してしまうんだ。

わたしのこと……好《す》きになってくれたりしないかなあって。

しょんぼりしたとたん、

「でも――台《だい》なしにはさせないし」

彩都《あやと》くんはそう言うと、にっと笑《わら》った。

と同時に、

どおおん！


花火が打ち上がる。

空を見上げると、視界《しかい》いっぱいに広がる火の花。

「……きれい」

「うん」

感動していると、彩都《あやと》くんはわたしを見つめてうなずいた。
そのまなざしがすごくやさしくって、どきん、と胸《むね》が跳《は》ねる。
うっわあ、花火より貴重《きちょう》なもの、見ちゃったかもしれない……。
そう思ってぼうっとしていると、彩都《あやと》くんは苦笑《にがわら》いしたあと、やさしい顔にもどって、
「もっと見えるところに行こうか」
とわたしの手をそっとにぎったんだ。

4 バイキンとハルキッズ

花火大会が終わると、あっという間に新学期が始まった！

あー！　夏休み、ほんっと楽しかった!!　充実《じゅうじつ》してたああ！！！

キャンプに、屋上のゴーヤとさつまいものお世話、それに料理《りょうり》イベントと宿題、自由研究、花火大会まで！　彩都《あやと》くんといっしょに過《す》ごせた時間、すごく多かった！

そもそも未来守《みらいまも》り隊《たい》の活動をしてなかったら、休み中は彩都《あやと》くんに会えなかったはず。

ほんと未来守《みらいまも》り隊《たい》、立ち上げてよかったよ!!

「**もう一生夏休みでいいのに～～～**」

夏休みの楽しい思い出にひたりつつ、机《つくえ》につっぷしてると、近くにやってきたキリコちゃんがこっそりとたずねた。

「花火のことって、だれにも言ってないよね？」

キリコちゃんはチラッと**ショーゴ**を見る。

あ、そういえば、ショーゴにだけは花火のこと言うなって、浴衣《ゆかた》を着つけてもらっているときに言われたんだった。

「だれにも言ってない……よ、たぶん」

言ってないよね？？？

自分ではそう思ってるけど、たまにひとりごとを言っちゃってるから、絶対《ぜったい》とは言い切れない。

「それならいいんだけど。さっき、だれかが花火大会の話してたから、ちょっと気になって。ほら、言ったらもめるでしょ、絶対《ぜったい》」

ああ、そうだよね。

彩都《あやと》くん大人気《だいにんき》だし。なんで上野真帆《うえのまほ》

みたいなちんちくりんと〜！

って……花火大会の話？　なんだろ。キイイイイ！　って、嫉妬《しっと》で刺《さ》されちゃうよ。

何気なく耳を澄《す》ませると、たしかに花火って聞こえた気がする。

そちらを見ると、前に**渋谷《しぶや》くん**とつるんでた子たちが輪《わ》になってわいわいとさわいでいる。すでに渋谷《しぶや》くんはメンバーにはいないから、元渋谷《もとしぶや》メンバー？　略《りゃく》して**元渋《もとしぶ》**！

「バイキン、あいかわらずおもしれ〜〜」

「マジな！　この企画《きかく》、神だよな〜」

ん？　バイキン？　ってどこかで聞いたような……。

と思ってハッとする。

あ、そうだ。このあいだ、彩都《あやと》くんが言ってたやつ。

気になって近寄《ちかよ》ると、元渋《もとしぶ》たちがこっそりとタブレットで動画を見ていた。

その動画を見てわたしは目を見開いた。

だって、そこに映《うつ》っていたのは——なんと、花火大会で見た、あの**爆買《ばくが》い戦隊《せんたい》お兄さんたち**だったんだ！

うっわあああ、最悪《さいあく》なもの見ちゃったよ！

しかもマネしようとか言ってるし！

とそのとき、

「ちょっと、そこの男子！　タブレットは勝手に使っちゃダメなんだよ!!　先生に言うよ！」

元渋《もとしぶ》たちと仲《なか》の悪い女子が注意している。

あっ、そうだった。そもそも学校で動画とか見ちゃダメだ〜！　授業《じゅぎょう》と関係《かんけい》ないことに使っちゃダメなんだよ！

同罪《どうざい》になったら大変《たいへん》！

わたしはあわてて目を両手でおおった。

「え、でも、どうやって見てるの？」

キリコちゃんがふしぎそうに言った。

たしかにそうだ！　学校のタブレットはアクセス制限《せいげん》かかってるから、見られないはずだよ！

すると、文句《もんく》を言っていた女子のひとりが声をあげた。

「あっ、それ、家から持ってきたやつじゃん！」

どうやらそれは家から持ってきた、自分のタブレットらしい。

もっとダメなやつじゃん！！！

「先生にチクったら許《ゆる》さねーからな！」

「はあ？　持ってくるのが悪いんでしょ！　ルールは守りなよ！」

一触即発《いっしょくそくはつ》の空気にハラハラしていると、渋谷《しぶや》くんが面倒《めんどう》くさそうにため息をついた。

「そろそろかたづけとけよ」

え？

みんながびっくりしたように渋谷《しぶや》くんを見た。

夏休みの間にいろいろあって、渋谷《しぶや》くんはわたしたちといっしょに行動するようになったけど。

夏休みに入る前は、元渋《もとしぶ》たちとつるんでたもん。

事情《じじょう》を知らないとびっくりだよね。

みんなも気になったみたいで、じっと観察《かんさつ》している。

すると元渋《もとしぶ》たちはムッとして渋谷《しぶや》くんをにらんだ。

「裏切《うらぎ》り者の言うことなんか聞かねーし」

って大げさすぎる。

ええっ、裏切《うらぎ》り者!?

と思っていると、渋谷《しぶや》くんは「あ、そ。ま、いいけど」と肩《かた》をすくめる。

とそのとき、

「なになに〜？　ああ、バイキングねえ……流行《はや》ってるみたいだけど、感心しないよなあ」

と低《ひく》い声が教室に響《ひび》いた。

それはまるで**ラスボスの登場！**

高輪先生《たかなわせんせい》の登場に、ギョッとして固《かた》まる男子たち。

あ、渋谷《しぶや》くん、元渋《もとしぶ》たちをたすけてあげたんだ。

そう気づいて、なんだかんだでやさしいなって思う。

でも、その気持ちをムダにしてしまった元渋《もとしぶ》たちは青ざめていた。

先生はにっこりと笑《わら》うと、タブレットをひょいっと持ちあげて、没収《ぼっしゅう》してしまったんだ。

「バイキンって、バイキングのことだったんだね」

休み時間にわたしがたずねると、彩都《あやと》くんはうなずいた。

「有名な**迷惑系配信者**《めいわくけいはいしんしゃ》だよ」

「でも意外。日比谷《ひびや》くんが動画配信《どうがはいしん》見てるっていうイメージなかった」

キリコちゃんが言ってわたしもうなずいた。

「前にニュースになってた」

なるほど……ニュースかあ。

情報《じょうほう》の入り口が違《ちが》って感心していると、ショーゴが「おれ、あーいうの嫌《きら》いなんだよな。

おれは、**ハルキッズ**とかのほうが好《す》き」とつぶやいた。

ハルキッズ？

わたしは聞いたことがなくって首をかしげる。

と、教室のどこかでごほっと咳《せき》の音が聞こえる。

見ると、咳《せ》きこんだのは**中野《なかの》くん**。

5年生ではじめて同じクラスになったけど、まだほとんどしゃべったことがない子だ。

メガネと長い髪《かみ》のせいで、顔もしっかり見たことがない。

教室でもあんまりしゃべらないし、授《じゅ》業中《ぎょうちゅう》も静《しず》かだし。

とにかく目立たなくって、いることを忘《わす》れてしまう。

空気っていうか、なんていうか、あえて気配を消してるっていうか。忍者《にんじゃ》っぽいイメージがあった。

どーしたんだろ？

あ、そういえば中野《なかの》くんって、たしか**遥希**《はるき》って名前じゃなかったっけ？　自分が呼《よ》ばれたと思ったのかな？

勝手にそう思いながらも、わたしは顔をショーゴへともどす。

うん、今はハルキッズの話だ。

他のふたりもそうだったみたいで、ショーゴに説明《せつめい》を求《もと》めた。

「ハルキッズってのも人気動画配信者《にんきどうがはいしんしゃ》なんだけどさあ、バイキンとは反対で、人を傷《きず》つけたりとか、ものを大事にしないとかなくって、見てていやな気分にならない」

「へえ」

みんなよく知ってるなあ。

うちにはタブレットがないから（ママはわたしが延々《えんえん》と見ちゃうって信《しん》じこんでて買わない方針《ほうしん》なんだよね……まあ、たぶんそうなっちゃうけど）くわしくないんだよねえ。

ショーゴはチラと教室の端《はし》を見る。そこではさっきタブレットを取りあげられた元渋《もとしぶ》たちがぶうぶう言っていた。

「いいとこだったのにさあ」

「あ、でもさ、今度秋祭りのとき、爆買《ばくが》いマネしようぜ!」

ため息が出てしまう。

あれ、絶対《ぜったい》ダメなやつだと思うんだよね。食べ物をムダにしてなにが楽しいんだろうって思う。

「目立つことに命かけてるやつっているから」

彩都《あやと》くんがちょっと憂鬱《ゆううつ》そうに言った。

わたしも落ちこんでしまう。

だって、いくらわたしたちが未来守り隊《みらいまもりたい》の活動をがんばっても、となりでそういうダメなことされると全部ムダになっちゃうような気がしてしまう。

わたしたちがペットボトルを拾うとなりで、だれかがペットボトルをポイ捨《す》てしてしまったら、意味がないよね。

なんだか不毛《ふもう》だった。

どうやったらみんなに伝《つた》わるんだろうな。

みんなで同じ気持ちで取りくめるんだろうな。


うなだれたわたしは、ハッとした。

足もとを見ると、彩都《あやと》くんの足首が透《す》けていた。

「あ、彩都《あやと》くん……」

視線《しせん》に気づいたのか彩都《あやと》くんはわたしの足もとを見て、ギョッとした。

そして、むずかしい顔で、彩都《あやと》くんはつぶやく。

「………やっぱり、これ、モチベーションが関係《かんけい》してるな」

「**もちべーしょん?**」

「やる気ってこと。夏休みに透《す》けるのが元に戻《もど》ったとき、いろいろ考えただろ?」

そういえばと思い出す。

ゴーヤを食べるイベントをやったとき、屋上で考えた。

透《す》けるのには『気持ち』が関係《かんけい》してるかもって。

なるほど……。

たしかに今、わたし、落ちこんで活動のやる気なくなっちゃったもんね。そういうのが、透《す》ける原因《げんいん》になるってことか。

「海《うみ》さんは『あきらめた』って言った」

わたしは思い出してうなずいた。

「それでたすかった……みたいなこと、言ってたよね」

彩都《あやと》くんは「たすかった……って言えるのかな」とつぶやく。

彩都《あやと》くんは苦しそうに顔をしかめていた。

海《うみ》さんの家に行ったあと、彩都《あやと》くんはこんな顔をすることが増《ふ》えている気がする。

たぶん人より頭がいいから、いろんな考えがぐるぐる巡《めぐ》ってるんだろうって思う。

わたしはすぐに忘《わす》れちゃうからなあ……。

役に立てなくて申《もう》し訳《わけ》ないな……。

そう思っていると、彩都《あやと》くんはつぶやいた。

「僕《ぼく》たちのやる気がなくなったら、体が透《す》けていく――というより、正確《せいかく》には、『**僕《ぼく》から**

は真帆《まほ》の体が透《す》けて見え』て、『真帆《まほ》からは僕《ぼく》の体が透《す》けて見える』」

ん？　わたしから彩都《あやと》くんの体が透《す》けて見える？

彩都《あやと》くんが言い直した言葉が妙《みょう》に気になった。

たしかに、わたしたちは、本当は透《す》けているわけじゃないかもしれない。

自分では透《す》けてるのわからないし、キリコちゃんやショーゴからもわたしが透《す》けていることはわからないんだもんね。

もし透《す》けて見えたら大さわぎだよ！

考えていると、彩都《あやと》くんは足もとを見てさらに続《つづ》けた。

「透《す》けるってことは、見えなくなるってことで……それはつまり……」

彩都《あやと》くんは、痛《いた》みをこらえるような顔でわたしを見た。

次の瞬間《しゅんかん》。

「**見えなくなるってことは、存在《そんざい》を、確認《かくにん》できなくなるってこと。存在《そんざい》を確認《かくにん》できないってことは――**」

彩都《あやと》くんが言って、ドキリとした。

え、どういうこと?

と思うわたしの前で。

「それだと辻褄《つじつま》が合う。海《うみ》さんの、『あの言葉』——」

彩都《あやと》くんが急に頭を押《お》さえて、ぐらりとかたむいた。

えっ!? なに!?

わたしはあわてて彩都《あやと》くんを支《ささ》える。そして**「せ、先生! 彩都《あやと》くんが!!!」**泣《な》きそうになりながら、大声で先生を呼《よ》んだんだ。

6 眠《ねむ》れる王子様

救急車《きゅうきゅうしゃ》が呼《よ》ばれて、彩都《あやと》くんは病院に運ばれた。

でも、意識《いしき》がないだけで、特《とく》に命に別状《べつじょう》はないとのことだった。

疲《つか》れがたまってるのかも？　と、聞いて、少しだけ安心したけれど、彩都《あやと》くんは次の日もお休み、そしてその次の日もお休みだった。

心配で先生に聞くと、彩都《あやと》くん、まだ目が覚《さ》めないらしい。

お医者さんが言うには、検査《けんさ》をいくらしてもどこもおかしいところはなく、ただ眠《ねむ》っているだけだそうで。

だから心配するなって説明《せつめい》されたけど……。

心配するなっていうのは無理《むり》だよぉ！！！


「日比谷《ひびや》は……今日もお休みだ」

彩都《あやと》くんが倒《たお》れて3日後の朝。朝の会で高輪先生《たかなわせんせい》がさすがに心配そうに言い、わたしはとうとうしびれを切らす。

ううう、心配だ！！！

その日の放課後《ほうかご》、わたしはいてもたってもいられずに病院に向かっていた。

――だけど、あっさり撃沈《げきちん》！

受付《うけつけ》で、関係者以外《かんけいしゃいがい》は面会できませんと言われてしまう。

そ、そりゃそうか！

病院には重い病気の人もたくさん入院してるし、バイキンを持っていったら大変《たいへん》だ。

と納得《なっとく》しつつも、どうしてもあきらめきれなくて、どこからかチラッとでも見られないかなあと、ロビーをウロウロしていると、

「あれ？　上野《うえの》さん」

見た顔があってびっくり。

校長先生だった。

「お見舞《みま》いは禁止《きんし》だって高輪先生《たかなわせんせい》に言われてるだろう？」

「わ、わかってるんですけど……」

でも、心配なんだもん!!

涙目《なみだめ》になってしまう。

だって、大好《だいす》きな人が、あんなふうに倒《たお》れちゃうとか。

15年後を見てたからか、結婚式《けっこんしき》の時までは絶対《ぜったい》に元気だって思いこんで安心してたのかもしれない。

でも実際《じっさい》はそんなことなくって。

油断《ゆだん》したら、こうして急にいなくなるのかもしれない。

と思うと、こわくてしょうがなかった。

「でも……わたし、なんとかしたいんです」

必死《ひっし》で訴《うった》えると、校長先生はむう、と考えこんだ。

「うーん、上野《うえの》さんはどう考えても関係者《かんけいしゃ》だからなあ」

え？

そ、そうです!!

なんたって『未来守り隊《みらいまもりたい》』のメンバーですから!

胸《むね》を張《は》ると、校長先生が「うん。そうだね。じゃあ特別《とくべつ》に僕《ぼく》といっしょにお見舞《みま》いに行こうか。病院の先生と親御《おやご》さんに許可《きょか》を取ってみるよ」と口にした。

許可《きょか》をもらって、病室に入ると、彩都《あやと》くんが眠《ねむ》っていた。

腕《うで》には点滴《てんてき》やら、なにやらコードがつけられていて、ちょっと痛々《いたいた》しい。

でもその顔はおだやかだ。

となりには儚《はかな》げで綺麗《きれい》な女の人。目元が彩都《あやと》くんに似《に》ている。授業参観《じゅぎょうさんかん》かなにかで見かけたことがある、**彩都《あやと》くんのママ**だ。

「こんにちは」

校長先生があいさつをして、わたしも彩都《あやと》くんママにあいさつをした。

「先生、ありがとうございます。……ええと、そちらの子は」

「わ、わたしは、クラスメイトの上野真帆《うえのまほ》ですっ」

声が裏返《うらがえ》りそうになる。

だってえ、**好《す》きな人のママ**とか！　緊張《きんちょう》するよお！

少しでもちゃんとした子に見えるようにしないと!!

ガチガチに固《かた》まりながら直角に腰《こし》を折《お》ると、彩都《あやと》くんママはかすかに笑《わら》った。

「真帆《まほ》……ちゃん？　あなたが？」

えっ、もうご存《ぞん》じなんですかぁ！　ってことは、**すでになにかしでかしてた!?**

動揺《どうよう》していると、校長先生がごふっと咳払《せきばら》いをして、失礼《しつれい》、とあやまった。そしてごまかすように彩都《あやと》くんママにたずねた。

「日比谷《ひびや》さん、彩都《あやと》くんはどうですか」

「脳波《のうは》を調べたら、ずっと**夢《ゆめ》を見ているみたい**だって……お医者さんが」

夢《ゆめ》？

キョトンとしていると、校長先生が「やっぱり」とうなずいた。

どういうことだろ、と思っていると、
マ、ホ。

彩都《あやと》くんの口が、そう動いた気がしてびっくりする。

え、わたしの、名前？

「まほ、って、たまに言うんです。逃《に》げろって」

彩都《あやと》くんママはほろほろと涙《なみだ》をこぼす。

「ちょっと、ごめんなさいね」

そう言うと、彩都《あやと》くんママはハンカチを顔に当てながら病室を出ていく。

病室にはわたしと校長先生が残《のこ》される。

しんとした部屋で、校長先生が言った。

「日比谷《ひびや》くんは、おそらく……**記憶《きおく》が混乱《こんらん》しているんじゃないかな**」

「記憶《きおく》？」

うん、と校長先生はうなずいた。

「夢《ゆめ》を見ている、と言っていただろう？　夢《ゆめ》には脳内《のうない》の記憶《きおく》を整理するという役割《やくわり》がある
と言われているけど、聞いたことは？」

聞いたことなかった！

ブンブンと首を横にふると、校長先生は苦笑《にがわら》いをしながら続《つづ》けた。

「君たちのやっている――――は、たくさんの記憶《きおく》を行き来するぶん、脳《のう》の負担《ふたん》がとても大きいから。それでオーバーヒート状態《じょうたい》になって、たぶん、記憶《きおく》の処理《しょり》がうまくいかなくなっている」

んんん??? 記憶《きおく》？　脳《のう》の負担《ふたん》？　オーバーヒート？　処理《しょり》……。

しかも途中《とちゅう》よくわからない単語《たんご》があった気がする。

「も、もう一回簡単《かんたん》に言ってもらえますか？」

大混乱《だいこんらん》していると、校長先生は「小学生にはちょっとむずかしいかな」と申《もう》し訳《わけ》なさそうに言った。

はい。むずかしいです。

いや、わたしにはむずかしい、が正しいかも。

彩都《あやと》くんならわかりそうだけど……。

すると、校長先生はちょっと考えて言い直した。

「簡単《かんたん》に言うと、日比谷《ひびや》くんは今**『未来《みらい》』の夢《ゆめ》の中に閉《と》じこめられてる**んだと思う。だから、だれかが、そこから『今』に連《つ》れ帰《かえ》らないといけない」

「え……？」

え、今の話、さっきのとつながってる？

途中《とちゅう》をだいぶ省《はぶ》かれたような気がする！

先生いくらなんでも省略《しょうりゃく》しすぎじゃない？

よくわかんなくって首をかしげた。でも。

未来《みらい》の夢《ゆめ》に閉《と》じこめられてる。って言葉が胸《むね》にずしんときた。

それはあの結婚式《けっこんしき》の夢《ゆめ》ってことだろうか。

あの夢《ゆめ》の中にいるのなら。

「それなら、わたしがあの夢《ゆめ》の中に行けば――」

「そう。それしか方法《ほうほう》がないように、僕《ぼく》には思えるよ」

校長先生はうなずいた。

夢《ゆめ》の中に行くためには。

わたしは腕時計《うでどけい》を見る。

そうだ。あの夢《ゆめ》を見るには条件《じょうけん》があった。

それは——**温暖化《おんだんか》を逆転《ぎゃくてん》させること。**

時計の災害発生時刻《さいがいはっせいじこく》を目標値《もくひょうち》まで遅《おく》らせること！

わたしがパッと顔を輝《かがや》かせると、校長先生もにこりと笑《わら》ったんだ。

「ってわけなんだ」

次の日、わたしは未来守《みらいまも》り隊《たい》の緊急招集《きんきゅうしょうしゅう》を行った。

部室に集まったメンバーは、キリコちゃん、ショーゴ、渋谷《しぶや》くん。彩都《あやと》くんだけが足りない。

でも、手がかりを見つけたから、絶対《ぜったい》に彩都《あやと》くんをここに連《つ》れもどしてみせるよ……！

「校長先生って何者なの？」

キリコちゃんはむずかしい顔。だよねえ。

「よくわからないんだけど……おんなじ腕時計《うでどけい》をしてるから、昔おんなじような目に遭《あ》ったのかなあって思ってる」

「でも……**校長先生って生きてるよね？**　たすかったってことになるけど……」

キリコちゃんはどうもスッキリしない様子。

言われてみれば……！　そういえば海《うみ》さんもそうだったよね⁉

気になる！

で、でも、そういうむずかしいのは一回置《お》いておいて！

「今はとにかく、彩都《あやと》くんの目を覚《さ》まさせるのが先だよ！」

むずかしいことを彩都《あやと》くんぬきで考えて、解決《かいけつ》すると思えない～～‼

「うーん……まあ、そうだよね。で、つまり、日比谷《ひびや》くんのためにも温暖化防止《おんだんかぼうし》の活動をがんばらないといけないってことだよね」

キリコちゃんはようやく校長先生のことではなく、彩都《あやと》くんのことに頭を切りかえてくれたようだ。

「そう。今回はなるべく早く目標値《もくひょうち》を達成《たっせい》したいんだよ……」

じゃないと、彩都《あやと》くんがいつまでも目覚《めざ》めないってことになっちゃう。

命に別状《べつじょう》はないとは言われてるけど、ずっとそうとは限《かぎ》らないよね？　心配だし、さみしいよ……。

「一発お見舞《みま》いしたら起きないか？」

ショーゴが言って、わたしは思わず**ギロッ**とにらんでしまう。

「そんなので起きたらお医者さんはいらないの！　真面目《まじめ》にやれ！」

「っていうか、眠《ねむ》り姫《ひめ》みたいだよね？」

キリコちゃんがポツンとつぶやき、わたしはハッとする。

眠《ねむ》り姫《ひめ》。

眠《ねむ》り姫《ひめ》を起こすには——**王子様の、キス！**

え、一《いち》か八《ばち》かやってみる？

と思ったとたん、ポカン、と頭を叩《たた》かれた。

「真帆《まほ》、おまえこそ真面目《まじめ》にやれ」

ちょっとお、ショーゴ!!　なにするんだよぉ！

わたしは大真面目《おおまじめ》だよ!!

「おまえ、早まるなよ？　それ**犯罪**《はんざい》だからな」

ショーゴはわたしをにらみ返して、釘《くぎ》を刺《さ》した。

うっ、やっぱりそうだよね!!　万が一それで目覚《めざ》めたとしても、訴《うった》えられそう!!　一生

うらまれそう!!
で、でも、それでもやってみる価値《かち》は
あるんじゃ……。
と思っていると、
「上野《うえの》は、考えてることが顔からダダ漏《も》
れだな……**いやむしろ口から出てるけ**
ど」
部室のすみっこに座《すわ》ってた渋谷《しぶや》くんが
やってきて、こらえきれないように笑《わら》う。
「そうなんだよ～」
キリコちゃんはため息をつきつつも、
ちょっとうれしそうに答えた。
うん、こんなときだから余計《よけい》に、渋谷《しぶや》
くんの参加《さんか》、わたしも心強いよ～～!!

ちなみに渋谷《しぶや》くんは、彩都《あやと》くんに、わたしたちがどうして未来守《みらいまも》り隊《たい》の活動をしているのか——未来《みらい》の夢《ゆめ》のことや、時計のこと、教えてもらってたんだって。

「とにかく！　早く目標値《もくひょうち》を達成《たっせい》するには……大勢《おおぜい》でやるのが一番じゃね？」

ショーゴから意見が出ると、

「ショーゴ、めずらしくまともな意見だね」

キリコちゃんがちょっとニヤニヤと言った。

「まあ、上野《うえの》がななめ上方向に早まったらまずいしな」

渋谷《しぶや》くんもうなずく。

「正攻法《せいこうほう》があるんだから、そっちで行くのが正解《せいかい》だろ」

ショーゴは、ちょっとムキになったように言った。

え、ショーゴにしては正論《せいろん》……でも、まあそうだよね。可能性《かのうせい》が低《ひく》いことにかけて失敗《しっぱい》したら大変《たいへん》。

わたしは、**眠《ねむ》り姫《ひめ》チャレンジ**をひとまず頭のすみっこに追いやった。

「でも大勢《おおぜい》でやるのってむずかしい」

今までみたいにチラシを配ってゴミ拾いとか、かなあ。

でも、この間のゴーヤのイベントとか、学校中に声をかけたけど、全体の10分の1も集まらなかったよね。

「まず活動が知られてないもんな」とショーゴ。

むむむ、とうなっていると、ふと渋谷《しぶや》くんが言った。

「あれとかは？　ほら、このごろ流行《はや》ってるやつ。あいつらが言ってた……」

「あいつら？」

「このあいだ、タブレット没収《ぼっしゅう》されてたじゃん」

渋谷《しぶや》くんはちょっと気まずそうに言う。

あ。あ、元渋《もとしぶ》たち！　思い出した。

あのバイキン！！！

「あれさ、あのあとも**めっちゃバズってる**らしいんだよな」

はて、バズるとは？

「えっと、たくさんの人に拡散《かくさん》されること、だっけ。——あいつら、今度の秋祭りでマネしようって言ってたからさあ。ま、おれには声はかけてこないんだけど」

ちょっとさびしそうな渋谷《しぶや》くんに、ショーゴが言う。

「悪の仲間入《なかまい》りせずにすんでよかったじゃん」

「……まあな、ま、どっちにしろそんな金ねーんだけどさ」

渋谷《しぶや》くんがひひっと笑《わら》う。

「つまり、活動を広めるために動画配信《どうがはいしん》をしようっていう話よね？　いい考えだと思う。今までみたいに知り合いだけに活動を伝《つた》えていくのだと限界《げんかい》があるし、今回はスピードが大事だし……」

キリコちゃんが話をまとめた。

ど、動画配信《どうがはいしん》！

そう言われると、なんかすごいことっぽくてドキドキしてしまう！

「それって、なんか、テレビ番組みたいなの作っちゃうってこと？」

すごい！

「大げさだよ」

キリコちゃんが笑《わら》うけど、ショーゴは首を横にふった。

「いや、今は、人気《にんき》の配信者《はいしんしゃ》のやつはテレビよりおもしれーのいっぱいある。ハルキッズのやつとか」

「あー、おれもそれ、見たことあるけど、おもしれえよな。配信者《はいしんしゃ》、たぶんおれらと歳変《としか》わんねえよなあ」

ふたりが盛《も》りあがる。

そっか。同じ年ごろの子がやってるなら、わたしたちにも作れるかも？

でも道具がないよ〜!!

「学校のタブレットを使わせてもらうとか？」

キリコちゃんが提案《ていあん》する。

あ、なるほど！　さすがキリコちゃん！

頼《たよ》りになる〜!!!

「でも授業《じゅぎょう》以外《いがい》で使うの、OK《オーケー》もらえるか？」

とショーゴが渋《しぶ》い顔をする。

ああ、たしかに！

高輪先生《たかなわせんせい》、口すっぱく言ってるもんね。

ちょっと考えたあと、キリコちゃんがきらん、と目を輝《かがや》かせた。

「うーん、高輪先生《たかなわせんせい》はダメかもだけど、校長先生ならいけないかな？」

「たしかにクラブ活動としてなら、認《みと》めてもらえるかも？」

「しかも今は、アヤトの非常事態《ひじょうじたい》だし」

ショーゴと渋谷《しぶや》くんがうなずき、なんか、いけそうな気がしてきた！

わたしは前のめりで言った。

「**とにかく相談してみようよ!!**」

「発信《はっしん》」も立派《りっぱ》な地球温暖化防止《ちきゅうおんだんかぼうし》アクション！

大勢《おおぜい》でやるために、まずは大勢《おおぜい》に活動を知ってもらわないとだよね!!

うん、直接《ちょくせつ》呼《よ》びかける以外《いがい》にも、こうやって発信《はっしん》する方法《ほうほう》があったんだ！知り合い以外《いがい》にも伝《つた》えられるのはいいね。

知らないと、やってみようって思わないもんな。

※SNS《エスエヌエス》での発信《はっしん》にはいろいろな注意点《ちゅういてん》があるよ。くわしくはお話の続《つづ》きを読んでね。

イベントを行うこともまわりに知ってもらうきっかけになるよ！

8 動《ど》画《が》制《せい》作《さく》の注意点

校長先生に相談すると、クラブ活動としてなら使用を認《みと》めますと許可《きょか》が出た！

わーい！　校長先生、話がわかるううう!!

しかも高輪先生《たかなわせんせい》にも話をつけてくれるそうで。

高輪先生《たかなわせんせい》も、彩都《あやと》くんを目覚《めざ》めさせるための活動だって訴《うった》えたら、心が動いたみたいだった。ただし、迷惑行為《めいわくこうい》や法《ほう》にふれるようなことは絶対《ぜったい》ダメという条件《じょうけん》つきで。

ちなみに――これはキリコちゃんが考えてくれたんだけど――表向きは、彩都《あやと》くんを元気づけるための動画を撮《と》るってことになっているんだ。（キリコちゃん天才だよね！）

温暖化防止《おんだんかぼうし》のための活動が、どうして彩都《あやと》くんを目覚《めざ》めさせることになるかっていうのは、さすがに高輪先生《たかなわせんせい》には理解《りかい》してもらえないだろうからね。

さっそく休み時間の教室で、相談する。

まずは活動を広めるために、どんな動画を撮《と》るかだよねえ。

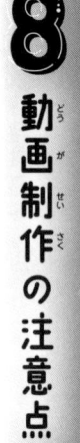

「『未来守《みらいまも》り隊《たい》』の活動をまとめて、報告《ほうこく》するっていうのは？」

わたしが言うと、キリコちゃんがそれをメモしていく。

「具体的《ぐたいてき》には？」

「今までやったイベントをまとめてみるとか」

「って、春の**ゴミ拾いウォークラリー**とか？　あとは最近《さいきん》の**屋上緑化**とか……あ、その前に**フリーマーケット**もやったよね。**シーグラスのアクセサリー**とか、きっと興味《きょうみ》持ってもらえそう」

リサイクル、リユース、アップサイクル……とキリコちゃんがつぶやきながらさっそく入力していると、画面を見つめていたショーゴが言った。

「なんか地味じゃね？　実際《じっさい》の写真とかあるといいよな」

「写真……かあ」

「ゴミ拾いの写真とか、フリーマーケットだと、シーグラスの写真とか？　映《ば》えそう！」

キリコちゃんがワクワクした様子で言った。

うんうん！

「でも、写真は残《のこ》ってないよねえ。撮《と》ってればよかった」

ああ、そっか。

もっと早めに、タブレットを使わせてもらえるように頼《たの》んでればよかったよ～。

「じゃあ、さ。とりあえず写真がないやつは、ネットとかから適当《てきとう》な写真持ってくればいいんじゃねえの？」

おお、ナイスアイディア！

渋谷《しぶや》くんが言ったとき、だれかがボソッと言った。

「それ、違法《いほう》だから……」

ん？　だれ？

ぐるりと見回すけれど、教室にいるのはわたしたちと中野《なかの》くんだけ。天気がいいからって、他の子は校庭に遊びに行っちゃってる。

ん？？？　違法《いほう》？

でも中野《なかの》くんは手元の本をじっと見ていて、熱中《ねっちゅう》しているように思えた。

うん、気のせい？

みんなを見たけど、だれにも声は聞こえてなかったみたい。

やっぱり空耳かな？

「とりあえず、このタブレット使って、屋上で活動をしてる様子を写真に撮《と》ってみるか？」

ショーゴが提案《ていあん》し、わたしは賛成《さんせい》する。

「あ、それいいかも〜！　じゃあ、さっそく屋上に行こ！」

みんなで屋上に向かいながらふと思い出す。

「あ、そういえば、ゴーヤはもう枯《か》れちゃったよね……」

花火大会が終わったくらいから弱ってきて、日《ひ》よけの役目を終えたんだ。

実ももう収穫《しゅうかく》し終わったから、このあいだ刈《か》り取《と》っちゃったんだけど、写真撮《と》っておけばよかった！

っていうかスマホもカメラも持ってないから、写せなかったんだけど！

「芋《いも》はあるから、とりあえず、それだけでも写して、あとはネットに落ちてるやつ取ってくればいいって」

ショーゴが言って、ま、そっか。とわたしは納得《なっとく》する。

というわけで、動画、できました！

動画のタイトルは、『みんなで温暖化《おんだんか》を止めよう！』。

背景《はいけい》には緑いっぱいのキレイな写真。ショーゴがネットで見つけてくれたんだ。

あとは、屋上のお芋《いも》にお水をあげてるところを動画に撮《と》って、このあいだ参加《さんか》したフリーマーケットのホームページから写真をもらってきて、海岸の写真とゴミ拾いの写真を借《か》りてきて、つなぎあわせてみたんだ〜！

さらに、屋上での活動を動画に撮《と》って、「みんなもいっしょに活動しませんか？」って4人で呼《よ》びかけて終了《しゅうりょう》。

プロジェクターを借《か》りて仕上がりの最終確認《さいしゅうかくにん》をしていると、

「はじめて作ったとは思えないよな」

ショーゴがほこらしげに言って、わたしもうなずいた。

うん、われながら、カンペキだと思う！　天才だよね！

と思ってニコニコしていると、

「つ、ツッコミどころありすぎね……？？？　あぁ、チームのブレインが欠《か》けてるから……」

んん？

またもやどこからか空耳が！

声のほうを見ると中野《なかの》くん。

なんだかものすごく不機嫌《ふきげん》そう。

というか、周辺《しゅうへん》に**黒いオーラ**がただよっているような気がする。

「これはさすがにまずいだろ」

中野《なかの》くんはわたしたちの席《せき》にやってくると、いつもの彼《かれ》らしくない機敏《きびん》さで、**ビシッ**と動画のひとコマを指差《ゆびさ》した。

それは最後《さいご》のあいさつのコマだった。

「まず、このコマ！　学校と名前言ってるじゃん！！！　あと顔、しっかり映《うつ》しすぎ‼

せめてマスクとかしろよ!」

「え?」

なにが悪いのかわからなくって、首をかしげる。

だって、活動を広めるための動画なんだから。

わたしたちがこの学校で活動してまーす! ってお知らせしたほうがいいじゃん!

「あのねえ、見る人間が全員善人《ぜんにん》だとは限《かぎ》らねーわけ! 悪用する奴《やつ》がいるわけ! ひょっとしたら、この動画見て、『この子かわいいな』とかやってくるヘンタイとかいるかもしんねーじゃん!

だから極力個人《きょくりょくこじん》が特定《とくてい》されるような情報《じょうほう》はダメ！」

中野《なかの》くんがチラリとキリコちゃんを見る。

ショーゴが、**ぴきん**と顔を引きつらせてわたしを見た。

「まじか」

ああ、そこまで考えなかったよ!!

たしかに、キリコちゃんとか絶世《ぜっせい》の美少女だから絶対危険《ぜったいきけん》だ!!　ヘンタイから守らないと！

「じゃ、じゃあ、顔も映《うつ》さないほうがいいってこと？」

中野《なかの》くんはうなずく。

「まあ、映《うつ》さなくってすむならそのほうが安全だよな。万が一炎上《えんじょう》したら日常生活《にちじょうせいかつ》に差《さ》しさわるし」

ゾッとしていると、キリコちゃんがメモを取りはじめた。

となりではショーゴがあわてたように学校と名前を言ったコマを削除《さくじょ》している。

おお、めずらしく仕事が早い。えらい！　キリコちゃんを守れ〜!!

「顔はぼかしたほうがいいよな。あとこの富士山《ふじさん》が映《うつ》ってるとこも消したほうがいいか？」

ショーゴは真剣《しんけん》な顔で中野《なかの》くんに聞いた。

「このくらいの距離《きょり》があればまあ、特定《とくてい》されないと思うけど」

ショーゴは「まあ、念《ねん》の為《ため》に」と言いながら、富士山《ふじさん》を消しゴムで消している。へえ、そんなことできるなんて便利《べんり》〜！

「これでOK《オーケー》かな」

中野《なかの》くんは首を横にふった。

「あと、違法《いほう》って言ったろ。画像《がぞう》は、基本的《きほんてき》には自分で撮《と》ってないやつは勝手に使っちゃダメだ」

違法《いほう》？

って、あれ、やっぱり空耳じゃなかったんだ！

わたしはびっくりしてたずねる。

「えっ、これ、参加《さんか》したフリーマーケットの写真だよ？　ダメなの？」

「おまえが撮《と》った写真じゃねーだろ。この海《うみ》も、ゴミだって」

「え、こういうの、ダメなの？」

海《うみ》はともかく、ゴミの写真も？

「聞いたことねーの？　**著作権**《ちょさくけん》とか。**肖像権**《しょうぞうけん》とか。授業《じゅぎょう》でやったじゃん」

「そ、そうだっけ？」

キリコちゃんを見ると、キリコちゃんはうーんと考えこんだ。

「著作権《ちょさくけん》とか肖像権《しょうぞうけん》ってたしかに聞いたことあるけど……でも、てっきり人が描《か》いた絵とか、アイドルとかの写真とかだけだと思ってた」

「基本的《きほんてき》に、ネット上に落ちてるすべてのものには、著作権《ちょさくけん》があるって考えとけ」

中野《なかの》くんはむずかしい顔で言う。

そ、そうなんだ!?

うーん、なんか先生より先生っぽい！

「って、バレねーよ。それに、小学生が作る動画にケチつけてくるやつもいねえだろ」

渋谷《しぶや》くんが言うけど、中野《なかの》くんはギロリとメガネの奥《おく》の目をとがらせた。

「すぐにはバレなくても、いずれ、バレる。で叩《たた》かれて、最悪訴《さいあくうった》えられる。あと小学生とかカンケーねーから」

ええ、中野《なかの》くんってこんなキャラだったっけ？

動揺《どうよう》しつつもわたしは真剣《しんけん》に聞いた。

だって、なんかすごくくわしそうだったから、素直《すなお》に聞いたほうがいい気がしたんだ。

キリコちゃんもメモをとっている。

・勝手に写真を使ったらバレる。叩《たた》かれる。訴《うった》えられる。
・小学生とか関係《かんけい》ない。

「写真は面倒《めんどう》くさがらずに自分で撮《と》る。イラストも自分で描《か》くか、著作権《ちょさくけん》フリーのものを探《さが》す。あと、個人情報《こじんじょうほう》につながるようなものは絶対《ぜったい》に映《うつ》さない」

は、はあい……。

中野《なかの》くんのアドバイスを受けて、修正《しゅうせい》をくり返したら……。

「うん、これでたぶん問題ない動画にはなった……けど」

中野《なかの》くんのお墨《すみ》つきをもらったものの、なんだか、ほとんど字ばっかりの、さびしい動画になってしまった。

なんとなく堅苦《かたくる》しくってつまんなそう。

だってキレイな写真も、かわいいイラストもなんにも使えないし。

しかも顔にぼかしを入れたから、どうしても**不審者《ふしんしゃ》っぽい**……。

明るくってさわやかな動画にするはずだったのに、どうしてこうなった！

こ、こんなので、本当に見てもらえるのかなあ？

「と、とりあえず、あげてみっか。でも、どうやればいいんだっけ？」

ショーゴが言って、わたしたちは、**はて？**　と首をかしげる。

すると中野《なかの》くんが盛大《せいだい》なため息をついた。

「あのさあ……学校のタブレットじゃアクセス制限《せいげん》あるから、アップロードできない」

「えっ!?」

「そもそも13歳以下《さいいか》は動画配信《どうがはいしん》サービスでアカウント作れないんだけど……」

「ええっ!?」

「まずそのへんクリアすべきだろ」

がーん!!!

計画が総《そう》くずれだよ!!　じゃあ、どうすればいいんだよ!!　動画作る前に知りたかった!!!

と思っていると、ショーゴが首をかしげた。

「でも、ハルキッズとか、たぶん小学生だろ?　あいつはどうやってんだろ?」

ごふっと中野《なかの》くんがむせる。

え、大丈夫《だいじょうぶ》?

中野《なかの》くんは、しばらく咳《せき》ばらいをしてたけど、やがて言った。

「端末《たんまつ》は個人《こじん》の使ってるだろうし、アカウントは保護者《ほごしゃ》に頼《たの》んで、作ってもらってるんだよ」

とたん、ゲンナリした。

ああ、うちは絶対許《ぜったいゆる》してもらえないよ~!!　わたし、信用《しんよう》ないから!!

うわーん!!!

すると、ブホッとみんながふきだした。

「たしかにな……真帆《まほ》は無理《むり》だ」

涙目《なみだめ》でショーゴが言う。

うっさいよ、ショーゴ！

ショーゴも似《に》たようなもんだよね!?

「じゃあ、うちの親に頼《たの》んでみる。あと、アップロードには家《うち》のタブレット使えばいいよ」

キリコちゃんが言って、ホッとする。

うん、キリコちゃんなら信用《しんよう》あるから、きっとＯＫ《オーケー》もらえそう！


その日のうちにキリコちゃんは、アカウントを作ってもらった。

ただし、アップする動画はママがＯＫ《オーケー》したものだけっていう条件《じょうけん》つきで。

ま、しょうがないよね！

それに、全然《ぜんぜん》問題ない動画だし！

そうして、キリコちゃんちのタブレットに移《うつ》して、ママのＯＫ《オーケー》をもらった動画をアップすることになったその日。

わたしたちは公園に集まった。

なんで公園かっていうと、家のタブレットは学校に持ちこめないから。

なんか、すごい不安《ふあん》なんだけど……と思いつつ、
ぽち。

と代表してわたしがアップロードボタンを押《お》す。

アップロード完了《かんりょう》という文字列を確認《かくにん》したあと、わたしたちは息をのんで再生回数《さいせいかいすう》の数《すう》値《ち》を見つめる。

「**おおっ！**」

再生回数《さいせいかいすう》が1、2、3……と増《ふ》えていくのをドキドキしながら凝視《ぎょうし》する。

うっわあ、見てもらえてる！

と喜《よろこ》んだのも束《つか》の間《ま》だった。

数値《すうち》は10となったところで、ぴたりと止まってしまったのだった。

9 彩《あや》都《と》くんの好《す》きな人

「ねえ……どうしよう……」

それ以降《いこう》、再生回数《さいせいかいすう》はまったく動かなかった。

クラスの子に呼《よ》びかけて見てもらったけど、再生回数《さいせいかいすう》は数人ぶんしか増《ふ》えず撃沈《げきちん》。

これじゃあ、活動も広まっていかないよ。

もちろん腕時計《うでどけい》の数値《すうち》は動かず（他に活動してないから、むしろ残《のこ》り時間減《へ》っちゃった！）、そして彩都《あやと》くんも目覚《めざ》める気配がないまま、3日が過《す》ぎる。

あせりがどんどんつのってくる。

だって。

このまま、彩都《あやと》くんが、起きなかったら……どうしよう。

こわいからって、なるべく考えないようにしてたことが、頭の中に浮《う》かんでくる。

泣《な》きたくなりながらも、わたしはグッとこらえる。

だって泣《な》いちゃったら、まるであきらめてるみたい。

あきらめるわけには、絶対《ぜったい》いかないよ。

「こういうのって、1回沈《しず》んだら浮《う》きあがることって、めったにないんだよな」

ショーゴも力なく言った。

「オータたちが作った動画見た？　ヘボすぎ。再生回数《さいせいかいすう》20だってさ〜！　クラスの人数より少ないし」

元渋《もとしぶ》たちは、このあいだのタブレット没収事件《ぼっしゅうじけん》を逆恨《さかうら》みしているのか、風当たりが強い。

見てくれた（？）のはありがたいけど、**そーいう感想はいりませんからアアアア!!**

わたしはギリギリと歯を噛《か》みしめる。

「やっぱ、こういうのってセンスがあるかどうかだから、素人《しろうと》にはキビシイのかなあ」

キリコちゃんもめずらしく落ちこんでいる。

だよねえ……。

がんばって結果《けっか》が出ないのってつらい。

わたしはいつものことだけど、なんでもできるキリコちゃんは心折《お》れちゃうよねえ。

ふと視線《しせん》を感じる。

見ると中野《なかの》くんだった。

中野《なかの》くん、くわしかったけど、手伝《てつだ》ってくれたり、しないかなあ。

「あの、中野《なかの》くんさあ……見てもらえる動画の作り方とか、教えてくれないかなあ？」

意を決して、藁《わら》をもつかむ気持ちで頼《たの》んでみたけれど、

「おれは、そういうのはちょっと……」

中野《なかの》くんはふいっと目をそらした。

そ、そうだよねえ。

ネットのルールを知ってるのと、見てもらえる動画を作るのとはまた別問題《べつもんだい》だもん。

わかってたけど、なんだか鼻の奥《おく》がつんとしてしまう。

どうしよう。

どうしたら、いいんだろう。

今までは、こういうふうに悩《なや》んだときは、いつも彩都《あやと》くんがすっごいひらめきでたすけてくれたんだよね。

でも、今、その彩都《あやと》くんは眠《ねむ》っている。

彩都《あやと》くんがいないと、わたし、なんにもできないのかな……。


「真帆《まほ》ちゃん、元気出して。らしくないよ～」

キリコちゃんがはげましてくれる。

それでもやっぱり力が出ない。わたし、彩都《あやと》くんともう1週間以上《いじょう》話せていないから。

どれだけ力をもらってたか、今ならわかる。

もしこのままだったら、わたし、干《ひ》からびて、しおれてしまうよ。生き物は、太陽がないと生きられないんだよ。

トボトボと家へ帰っていると、

「あら……あなた、真帆《まほ》ちゃん？」

と声をかけられた。

ん？

ふり返ったわたしは**思わずコーチョク!!**　だって、そこには彩都《あやと》くんママが立ってたか

ら！

「あっ、こここここんにちは!!」

口ごもりながら答えると、彩都《あやと》くんママはふふ、とちょっと笑《わら》う。

だけど、やっぱりすごく疲《つか》れてる感じがした。顔色も悪いし、この間よりやせている気がした。

そりゃそうだよ。だって大事な息子が眠《ねむ》ったままとか。

わたし以上《いじょう》に心配でたまらないに決まってる。

「このあいだはお見舞《みま》いにきてくれてありがとうね」

「は、はい……あの……彩都《あやと》くんは」

「まだ眠《ねむ》ってる。だけど大丈夫《だいじょうぶ》よ、お医者さんは、なにも悪いところはないから、きっとなにか**きっかけ**があれば起きるって」

きっかけ。

そのきっかけを、わたし、作れていない。

作れるかどうかも、わかんないよ。

ごめんなさい。

しょんぼりうつむいて、だまりこんでいると、彩都《あやと》くんママが言った。

「真帆《まほ》ちゃんたち、今、彩都《あやと》といっしょに温暖化《おんだんか》を止めようっていう活動をしているんでしょう？」

「は、はい」

びっくりして顔を上げる。

え、どうして知ってるんだろ？

「彩都《あやと》が言ってたの。クラスの子とチームを組んでるって。それってきっと真帆《まほ》ちゃんたちだろうなって、このあいだ、病院で会ったときに思ったの」

ああ、そうなんだ。

でも、家で活動の話をしてるっていうのにびっくりした。

「わたし、ね、ペットボトルも面倒《めんどう》だったらそのまま可燃《かねん》ゴミに入れていたし、テレビだってつけっぱなしだったしね、悪い大人の見本みたいだったんだけど」

ええっ、見えない！　全然《ぜんぜん》見えない！　うちの親よりきっちりしてそう！

びっくりしていると、彩都《あやと》くんママは笑《わら》った。

「だけど、彩都《あやと》がすごく真剣《しんけん》にがんばってるから、興味《きょうみ》がわいてね。いろいろと教えてもらって、このごろは、ゴミの分別《ぶんべつ》とか、節電《せつでん》とかいっしょにがんばっているのよ」

「そうなんですね……」

彩都《あやと》くん、家でもがんばってたんだ。

わたし、ママやパパには伝《つた》えてなかったよ。

そっか。

そうだよね。**まずは自分のまわりから変《か》えていく。**

それって、すごく大事なことだ。

彩都《あやと》くんは、そういうところ本当にしっかり考えてて、やっぱりすごい。

そう思っていると、彩都《あやと》くんママが言った。

「あのね、真帆《まほ》ちゃん。彩都《あやと》って……**好《す》きな子がいたりしないかしら？**」

「え？」

びっくりした。

どう、して？　そんなこと、聞くの？

彩都《あやと》くんママは、わたしの様子をうかがうようにじっと見つめた。

「彩都《あやと》ね、耳は聞こえているみたいなの。だから、もし好《す》きな子が『起きて』って声をかけてくれたら、目を覚《さ》ますんじゃないかなって思ったんだけど……」

彩都《あやと》くんママはどこかすがるような目でわたしを見た。

ううう、知ってたら、教えてあげたいし、むしろ、わたしはその子を探《さが》してお願《ねが》いしたい。

彩都《あやと》くんに声をかけてって。

でも、わたし、知らない。

――あのお嫁《よめ》さんがだれかなんて。

「わたし、知りません……」

と言ったあと、ハッとする。

あ、そういえば……キリコちゃん、お嫁《よめ》さんがだれか知ってるって言ってなかった？

わたしは、知りたくないけど……！

そんなこと言ってる場合じゃないよね!?

キリコちゃんを見ると、キリコちゃんはギョッとする。

「……ええと、ええと……？　日比谷《ひびや》くんの……好《す》きな、人？」

しばらくうなりながら悩《なや》んでいたけれど、キリコちゃんはやがて小さく首を横にふった。

「……今は、わかんない、です」

えええええ!?

今は？　ど、どういうこと？

混乱《こんらん》していると、キリコちゃんはママの目を気にしながらそっとささやいた。

「だって、将来《しょうらい》のお嫁《よめ》さんであっても、今好《す》きかどうかは日比谷《ひびや》くんにしかわかんないでしょ」

あ、あああ、そっか……。そうかも、だけど……。

でも、やってみる価値《かち》はあるんじゃないのかなあ？

「それに、ほら。真帆《まほ》ちゃんだって、自分のいないところで勝手にそういうの言われたらイヤじゃない？」

あ。うん。

それは、すごくわかる、かも。

彩都《あやと》くんママががっかりした顔で、「そう。それじゃあまたね」と去っていく。

力になれなかったとしょんぼりしていると、

「とにかく……地道に活動をがんばるしかないってこと……だよ。日比谷《ひびや》くんだって、きっとがんばってる」

キリコちゃんがはげますように言う。

やっぱりわたしがくじけたらダメだよね。

わたし、あきらめないよ、彩都《あやと》くん。

わたしは泣《な》きそうになって、ぎゅっと目を閉《と》じる。そして大きく息を吸《す》った。

でも……一体どうしたら——。

そう思ったわたしの目に、**とある建物《たてもの》**が飛《と》びこんできた。

あ。

いくつかの思い出がブワッと頭の中によみがえる。

そうだ。そうだよ。

彩都《あやと》くんなら、きっと行きづまったとき、こうしてる！

10 もう一回がんばろう

「ねえ、もう一回、動画、がんばろうよ」
週明けの朝。
わたしは、未来守り隊《みらいまもりたい》のメンバーに向かって呼《よ》びかけた。
「んー……？　でもさあ、やっぱ、日比谷《ひびや》がいないときびしくね？」
ショーゴは苦い顔。なんとなく敗北感《はいぼくかん》がにじんでいる。
そりゃそうだよね。
動画、いくらクラスの中で宣伝《せんでん》しても、ほとんど再生回数《さいせいかいすう》は伸《の》びてない。
今日になっても30くらいで止まっていた。
わたしは大きく深呼吸《しんこきゅう》をする。
そしてランドセルの中から本を取りだして机《つくえ》の上に並《なら》べる。あのあと、とある建物《たてもの》――
図書館で借《か》りてきたんだ。

「えっ、真帆《まほ》ちゃんが本……？？？」

キリコちゃんがびっくりしたように言う。

みんなもギョッとした顔だった。

ううう、ひどいよ〜!!

だけど、今はそんなことどうだっていい！

「たしかにさ、彩都《あやと》くんがいなかったら戦力《せんりょく》ガタ落ちだけど。わたしたちだけでもできそうなことから、やっていこうよ」

本のタイトルは、**『はじめての動画作成《どうがさくせい》』**、**『動画配信《どうがはいしん》でバズる本』**。

「だって、わたし、このまま彩都《あやと》くんの目が覚《さ》めないとか、絶対《ぜったい》やだから！」

土日、遊びにいくのをガマンして読んでみた。

大人向けだったみたいで、読めない漢字とかあったけど！

そこには書いてあったんだ。

たくさん見られている動画を研究しましょうって。

「見られないのには原因《げんいん》があるんだよ。だから、他の人気動画《にんきどうが》を研究しよう。ほら、バイキンとかハルキッズ？　だったっけ。流行《はや》ってるものにはちゃんと理由があるんだよ。研究だよ」

ぶっとどこかでむせる声。ん？　と思ったけれど、わたしは気にせずに続《つづ》ける。

「ほら、ショーゴと渋谷《しぶや》くんはくわしいんだよね？　他にも好《す》きな配信者《はいしんしゃ》教えて。研究しよ」

「まあ、一理ある」

ショーゴはいつの間にか、だるそうな顔をやめて前のめりになっていた。

「みんなも教えて！　彩都《あやと》くんのためにも！」

わたしはクラスの子をふり返ると声をかける。必死《ひっし》だった。

するとみんなは顔を見合わせる。

「日比谷《ひびや》くん、もう2週間だもんね……わたしもこのままじゃいやだ！」

「おれも！」

そしてポツポツと配信者《はいしんしゃ》の名前をあげはじめてくれた。

一番人気《にんき》は、例《れい》のにっくきバイキン。

正式名称《せいしきめいしょう》は**BUY-KING**《バイキング》っていうらしい。お金をたくさん使って、ものを大量《たいりょう》に消費《しょうひ》するっていうコンセプトなんだって。

なんか、『未来守り隊《みらいまもりたい》』の敵《てき》って感じのコンテンツ！

「悪いことやってんな〜って感じだけど、ただされ、とにかく勢《いきお》いがすごいし、オレたちにできねーことやってくれるのがワクワクするんだよ」

「イタズラと犯罪《はんざい》のギリギリなとこがスリルがあるよな。冒険《ぼうけん》してるって感じで」

男子がちょっとワクワクした様子で言う。

うーん……なるほど。

イタズラかあ。

なんとなく気持ちはわかるけど、犯罪《はんざい》スレスレはダメだし、やっぱり主義《しゅぎ》に反するし、参考《さんこう》にしたいかって言われるとなあ。

と悩《なや》んでいると、他の意見があがった。

「やっぱハルキッズだよねえ」

「このあいだの簡単料理対決《かんたんりょうりたいけつ》とか、めっちゃおいしそうだったし」

「わたしたちでも挑戦《ちょうせん》できそうなことやってるのがいいよね。ほのぼの平和だし」

「役に立つ情報《じょうほう》が多いんだよね」

「あと、ハルキッズがめっちゃ陽キャでさあ、イケメンなんだよね……」

女子もソワソワソワワと口を開いて、意見がどんどん出てくる。

おおおお！

ハルキッズってやっぱ参考《さんこう》になりそうな気がする！

わたしがキリコちゃんを見ると、キリコちゃんはうなずいてメモを取りだした。

キリコちゃんの顔もいつの間にか明るくなっている。

うん、なんかいい感じだぁ!!

やるぞ〜〜〜！

11 リベンジしよう

その日の放課後《ほうかご》、わたしたちは公園に集まると、キリコちゃんちのタブレットを使って動画を研究することになった。

さっそく見てみることにする。

バイキングはやっぱりコンセプトがイヤだったけど、言われてることはよくわかった。

見ててハラハラして、**この先どうなるんだろ？**っていう期待感で最後《さいご》まで見ちゃうっていうか。

ハルキッズは、女子が言ってた通り、終始笑顔《えがお》でとことん明るい感じのイケメンだった。

なんていうか、クールなイケメンの彩都《あやと》くんとは正反対って感じ。

あやしい関西弁《かんさいべん》を話していて、視聴者《しちょうしゃ》からのコメントには「**えせ関西弁《かんさいべん》**」ってツッコミがたくさん。

あえてそういうキャラとして作ってるみたいで、なんか楽しい。

あと笑顔《えがお》がトレードマークでかわいい。

そして、やっぱりワクワクして、この先どうなるんだろ？　って、続《つづ》きが気になる。

「あらためて見ると、こういうキャラづけも、工夫《くふう》してるって感じだよな。すげえ」

ショーゴが感心したように言う。

「じゃあ、ショーゴがえせ関西弁《かんさいべん》やればいいいんじゃ」

「は？　おれだとキャラ違《ちが》いすぎるし」

「じゃあ、わたしがやる？」

首をかしげるとため息をつかれた。

「やめとけ。大体そーいうのパクリって言われて叩《たた》かれるやつ」

うんざりしたように言う。

「パクったらダメなの？」

「関西弁《かんさいべん》キャラなんてたくさんいるし、法的《ほうてき》には問題ないだろうけど……、あからさまなやつは感じわるいだろ。モラルの問題」

そっかあ。むずかしいなあ。

ほんまやって！
10:32/29:02

「そもそもやりたいことが違《ちが》うのに、おれたちがおんなじことしてもムダだし」

「そうなんだけどさあ……。でも」

なんだか引っかかる。わたしは考える。

「やりたいことが違《ちが》うはずのバイキンとハルキッズ、全然違《ぜんぜんちが》うように見えて、どこか似《に》てたような……」

ふたつを見たときに同じように感じたことが、あったような？

うーん、どこだったかなあ？？？

「——**え、どこが？**」

後ろから声がしてびっくりする。

中野《なかの》くんが立ってた。

「ど、どーしたの？」

こんなところで会うとか、意外すぎ！

「んんっと……ちょっと用事……」

中野《なかの》くんはカメラを持っていて、びっくりする。けっこう本格的《ほんかくてき》なカメラだったから。

「なにか撮《と》ってるの？」

「んと……趣味《しゅみ》で」

そうなんだぁ。……って、趣味《しゅみ》ってなんだろ？

「ところで、さっきの話だけど」

ん？　さっき？

「バイキンとハルキッズが似《に》てるっていう……」

「あ、聞いてたんだ」

中野《なかの》くんはちょっと不満《ふまん》そうな顔。バイキンって言ってるから、バイキングのアンチなのかも。

わたしは考える。

ふたつが似《に》てるところ。共通点《きょうつうてん》。

うまく言葉にできるかなあ？　と思いつつ、必死《ひっし》で頭をしぼる。

あ。そうだ。

「えっと、どっちも、**ついつい先が気になって見ちゃうってところ**、かなあ？」

「先が、気になる？」

わたしはさらに考えた。

それってどうしてなんだろ。

バイキンは、爆買《ばくが》いっていうイヤなテーマだけど、どれだけ商品があるんだろっていうの気になったし。

お小遣《こづか》いに限《かぎ》りがある小学生にとっては、それがどんどん手に入るっていう夢《ゆめ》が叶《かな》う感じで、ドキドキした。

そしてハルキッズは、わたしたちができそうな、いろんな身近なチャレンジをくり返してて、その結果《けっか》がどうなるのか気になったし、成功《せいこう》したときの顔とか、失敗《しっぱい》したときの顔がかわいくって、応援《おうえん》したくなった。

ふと、昨日《きのう》読んだ本にあったフレーズが頭に浮《う》かんだ。

『見てくれている人がどう思うか、考えてますか？』

ああ、それだ。

バイキンやハルキッズには、それが見えてる。たぶん。

「なんだろ？　見てる子がどう思うかって、わかってる感じが、した」

わたしが考えながら口にすると、

「……へ、え」

中野《なかの》くんが目を丸くする。

そしてショーゴやキリコちゃん、渋谷《しぶや》くんもびっくりしていた。

「それだよ。おれたちの動画に足りねーの」

ショーゴは、わたしたちの作った動画をひらく。

「これさあ、おれたちの主張《しゅちょう》を押《お》しつけてるだけだ。見てくれてる人のこと、全然《ぜんぜん》考えてなかった」

「そうかも」

わたしたちは顔を見合わせる。

そっかあ。

見てくれる人かあ。

「どういう人に見てもらいたいのか、その人たちが喜《よろこ》ぶことは、興味《きょうみ》を持つことはなんなのか。サービス精神《せいしん》？　ってやつ？」

ふと、中野《なかの》くんがつぶやく。

「たぶん、動画配信者《どうがはいしんしゃ》はすごくそのことを考えてると思う」

ん？　やっぱ中野《なかの》くんって、くわしい？

と思っていると、中野《なかの》くんは真面目《まじめ》な顔でわたしを見た。

「ちょっとだけ、意見言わせてもらっていい？　おれも、日比谷《ひびや》のこと、心配だし」

「え、もちろん！」

ネットのルールとかにもくわしそうだったし、めっちゃ心強い！

「まずはこの動画、真面目《まじめ》すぎる。教材《きょうざい》かよ」

ぐさっ。

え、急にキャラ違《ちが》わない？

いきなりの直球にわたしはノックダウンされそうになった。

キリコちゃんの顔は引きつっている。

「まあ、なあ」

「道徳《どうとく》の授業《じゅぎょう》と大差《たいさ》ないよな」

ふだんは視聴者《しちょうしゃ》でもあるショーゴと渋谷《しぶや》くんは、顔を見合わせて頭をかく。

「動画見てるやつは、基本《きほん》はエンタメを求《もと》めてるんだから、これじゃ見向きもされねえよ」

中野《なかの》くんはさらにするどいご意見。

「で、でもさあ、テーマは変《か》えられないんだからさあ」

わたしは言《い》い訳《わけ》するように言う。

「だとしてもだ。例《たと》えば……さっき出てたハルキッズならどうすると思う？」

「うーん？」

ファンであるショーゴが考えこむ。

「身近なチャレンジがテーマだから、ゴミ拾いとかを実際《じっさい》にやってみるとか？」

中野《なかの》くんは首を横にふった。

「いや、ハルキッズなら、『**ちょっと無理《むり》めな目標《もくひょう》を立て**』て、『**それを達成《たっせい》する**』、までやるな。そうしたら、達成《たっせい》されるかどうかが気になって視聴者《しちょうしゃ》が最後《さいご》まで見てくれる」

「最後《さいご》まで？」

わたしはきょとんとする。それって大事なことなんだ？

中野《なかの》くんは力いっぱいうなずいた。

「この動画配信《どうがはいしん》サービスって――っていうかたいていの動画サービスは、途中《とちゅう》で脱落《だつらく》されたらおすすめ動画に選《えら》ばれないようになってんだよ。だから**最後《さいご》まで見せる工夫《くふう》**がすごく大事なんだ」

へえええええ！　知らなかった！

ぐさっ。

「おまえらのは、はじまってすぐにほとんどが脱落《だつらく》したから、再生回数《さいせいかいすう》、伸《の》びねえの当然《とうぜん》」

言葉がきつすぎるぅ！

キリコちゃんの毒舌《どくぜつ》の上を行くよ！

「悪かったわね～」

キリコちゃんが苦笑《にがわら》いしつつもなるほど、とうなずいている。

「ってことは、最初《さいしょ》の最初《さいしょ》からすごく大事ってことかあ」

「そ」

味気ない文字だけの「**未来守り隊の活動報告**《みらいまもりたいのかつどうほうこく》」っていうオープニングを見て、わたしたちはうなだれた。

「見たいって思わないだろ？」

……ですね。

「**サムネ**だって、もっとワクワクするやつ持ってこないと」

「サムネ？」

ラム・ネ？

キリコちゃんがため息をついた。

「サムネイル。あれでしょ、動画の表紙みたいなやつ」

中野《なかの》くんがうなずいた。

「あれは動画の見せ場——を指定する。歌とかでもさあ、サビってあるじゃん。そういう**一番いい絵**を持ってくるんだよ。この動画にはこういう楽しいことがありますって視聴者《しちょうしゃ》に訴《うった》える」

へえええええ、なるほどおお!!

「とにかくさ、練習だと思って、いくつか作ってみろよ。そしてどんどん投稿《とうこう》して、反応《はんのう》がよかったのと悪かったの、比《くら》べるんだよ。アクセス解析《かいせき》したら視聴者《しちょうしゃ》が脱落《だつらく》したのどこかってわかるからさ、なにが悪かったのか考えて、次はそこに気をつけて作って、またあげる」

「めっちゃ地道じゃね？　時間かかりそうだし。もっとサクッといい感じにできねえの？」

渋谷《しぶや》くんが顔を引きつらせる。

だけど中野《なかの》くんは飄々《ひょうひょう》としている。

「動画配信者《どうがはいしんしゃ》が地道な努力《どりょく》してないとでも思ってたの？　華《はな》やかで簡単《かんたん》に見えるかもだけど、一攫千金《いっかくせんきん》とか、そんな甘《あま》い世界じゃないよ。ってか、なんでも成功《せいこう》してるやつは、才《さい》能《のう》以前《いぜん》にめちゃくちゃ努力《どりょく》してるんだ。たとえあのバイキンでもね」

中野《なかの》くんは真面目《まじめ》な顔で言った。

「……中野《なかの》ってさあ、実は……」

ショーゴがちょっとためらうように中野《なかの》くんを見つめる。

その目が探《さぐ》るように、中野《なかの》くんのメガネの向こうの瞳《ひとみ》をとらえている。

中野《なかの》くんはハッとして顔をふせると、前髪《まえがみ》で目をかくした。

うん。**ショーゴの言いたいこと、わかる！**

なんとなく思ってたけど、中野《なかの》くんって――。

「天才だよね!!　めっちゃくわしい!!」

きっと彩都《あやと》くんでもこんなに情報《じょうほう》持ってないと思う。別方向《べつほうこう》の天才！！！

感動して言うと、ショーゴがくっとくずれ落ちる。

「安定の真帆《まほ》ちゃんだね……」

「だな」

キリコちゃんと渋谷《しぶや》くんが苦笑《にがわら》いしている。

ん？

「ありが、と……」

中野《なかの》くんは顔を引きつらせたあと、ほっとしたように笑《わら》ったんだ。

12 届《とど》けたい想い

次の日、わたしたちは中野《なかの》くんのアドバイスをもとに、動画を作り直した。

できたもののチェックをお願《ねが》いすると、中野《なかの》くんからはダメ出しの嵐《あらし》！

「テンポが悪い」

「画面が地味」

「長すぎ」

「だれでも知ってることをえらそうに言うな」

「だから、素人《しろうと》は顔出しすんなって、基本忘《きほんわす》れんなよ」

うわあああん!!　鬼《おに》コーチ！！！

で、でもがんばるよ!!　彩都《あやと》くんのために!!

課題《かだい》を地道に一つひとつクリアしていった2日目のこと。

なんだかすごくよさげな動画ができたんだ。

「**未来守り隊**《みらいまもりたい》**！　エコチャレンジ〜!!**」

冒頭《ぼうとう》はショーゴの色あざやかな芸術点《げいじゅつてん》の高いイラストを表紙にして、みんなで元気よくアナウンス。

それから、肝心《かんじん》の中身だけど。

今までの活動っていっても実際《じっさい》の写真や動画が残《のこ》ってないからインパクトがないかなってことで、新しいチャレンジをすることにしたんだ。

でも主要《しゅよう》メンバーである彩都《あやと》くんがいないのにどうするってことになったときに、思い出したのが、彩都《あやと》くんと夏休みにいっしょにやった自由研究。**コンポスト**だった。

これだったらすぐに作れる上に、実物もあって写真も撮《と》れる。

実際《じっさい》に使ってみたレポートもまだできたてのほやほやだ！

じ、自由研究、やっておいてよかったよぉ!!

過去《かこ》のわたし、えらい！！！

「**コンポストの作り方はこう！　ダンボールに園芸店**《えんげいてん》**で売っているピートモスとくん炭を**

入れて、虫よけのカバーを作るだけ！　簡単《かんたん》でしょ～!?」

と、実際《じっさい》やってみたときの写真を入れて、見ている人の役に立つように。

「――で、ほった土の中に生ゴミを入れて、上から土をかぶせるんだ。で、数日経《た》つとこんなふうにゴミが分解《ぶんかい》されてて」

と、自由研究で使ったゴミの変化《へんか》の写真を順番《じゅんばん》に並《なら》べて、続《つづ》きが気になるように、じわじわ盛《も》りあげた！　そして最後《さいご》に結果発表《けっかはっぴょう》！

「なんと、夏場だと2週間くらいでゴミが消えるんです！」

わたしは自分で作ったコンポストの、今の写真をのせた。

夏休みにコンポストを作ったあとに入れておいた生ゴミは、２週間たった今、きれいに分解《ぶんかい》されていた！

これにはわたしもびっくり！

すごいでしょ～！？！？

ちょっと時間はかかるけど、ゴミ、本当に消えちゃうんだよ!!

「こうやって自然《しぜん》に返すことができるんだ！　これをくり返してしばらく寝《ね》かせると、こ

の土は栄養《えいよう》たっぷりの肥料《ひりょう》になって、それがこんなふうに――」

となったところで、今育てているさつまいもにお水をあげている写真を差《さ》しこむ！

「屋上緑化の肥料《ひりょう》になるんだ！　今年は間に合わなかったけど、来年の屋上緑化は、コンポストで作った肥料《ひりょう》を使いたいです！」

実際《じっさい》、肥料《ひりょう》はまだあげてないから、説明《せつめい》を入れる。

中野《なかの》くんからはそこは使ったことにしてもいいかも？　ってチェックが入ったけど、嘘《うそ》はいけないし。

真面目《まじめ》だなあって笑《わら》われたけど、まあ、おまえらしくていいんじゃないって認《みと》めてくれた。

「うん、素人《しろうと》にしては、まあまあいいんじゃね」

最終《さいしゅう》チェックをしていると、鬼《おに》コーチ中野《なかの》くんのOK《オーケー》が出た。

「じゃあ、あとはアップするだけ……」

と言っていると、

「ただ、ちょっとだけ物足りないかな……」

と最後《さいご》のダメ出し。

えええ、なにがああ!?

と思っていると、中野《なかの》くんはちらっと後ろをふりむいた。

わたしもつられて見ると、クラスのみんながわたしたちの様子をじっと見守っていた。

ん？　どうしたんだろ？

すると、一番前にいた**ここちゃん**――フリーマーケットでお手伝《てつだ》いしてくれた子だ――が、一歩前に出て言った。

「あの、あのね、わたしたちも、手伝《てつだ》っちゃだめかな？　真帆《まほ》ちゃんたち、ずっとがんばってるし。わたしもなにかしたいって思ってて――」

それにつられたように、みんなが口々《くちぐち》に言う。

「わたしもなにかやりたいって思ってた！」

「なにができるかわかんないけど、手伝《てつだ》わせて！」

声があがって泣《な》きそうになる。

ああ、みんな、わたしたちのこと、見ててくれたんだ！

すると、ちょっと考えこんだ中野《なかの》くんが言った。

「じゃあさ、みんなでメッセージ入れるのがいいかも」

最後《さいご》のアドバイスをもらってわたしは首をかしげた。

「メッセージ？」

「ええっとさ。高輪先生《たかなわせんせい》が言ってたけど、これ日比谷《ひびや》のために作ってるんだよな？　だからあいつあてに」

「日比谷《ひびや》に？　なんて？」

とショーゴがちょっと渋《しぶ》い顔。

「最初《さいしょ》に入れると視聴者《しちょうしゃ》しぼることになるからあれだけど、最後《さいご》の最後《さいご》なら、再生回数《さいせいかいすう》にもそんな響《ひび》かないし……いや、案外《あんがい》そういう熱《あつ》い の好《す》きな視聴者《しちょうしゃ》もいるかもしれねーし？」

どういうことだろって目をしばたたかせていると、中野《なかの》くんはちょっと笑《わら》った。

「起きてほしいんだろ？　おれもだけど。どうせ日比谷《ひびや》に見せるんだから、呼《よ》びかけてみるのありじゃね？　またいっしょにやろうって。耳は聞こえてるんだろ？」

「そ、そっか」

目は閉《と》じてても、音は聞こえてる。

それなら。

「……うん！　**みんなで呼《よ》びかけよう!!**」

みんなで屋上に行くと、お芋《いも》の前で短い動画を撮《と》って、編集《へんしゅう》で最後《さいご》のシーンにくっつける。

そして。

わたしたちは、公園に移動《いどう》すると、完成《かんせい》した動画をドキドキしながらアップしたんだ。

13 小さな兆《きざ》し

だけど……。

祈《いの》るような気持ちで見つめた再生回数《さいせいかいすう》は、伸《の》びていかなかった。

そんなばかなって思いながら、でも次の日には増《ふ》えてるかもってわずかな期待をいだいてたけど……。

翌日《よくじつ》になっても再生回数《さいせいかいすう》は動かなかった。

「だめ。再生回数《さいせいかいすう》……20」

たぶん、これ、クラスの子しか見てないよね？

前より反応《はんのう》ないとか。

「ウソだろ」

落ちこんだ様子のキリコちゃんから結果《けっか》を聞いたショーゴがぼうぜんとした声をあげる。

渋谷《しぶや》くんもびっくりしてるし、いっしょに応援《おうえん》してくれたクラスメイトたちも言葉がなかった。

これだけ、がんばっても、ダメなこと、あるんだ。

彩都《あやと》くん、ダメだった。

どうしよう。

これでダメだったら、次は……どうすればいいんだろう。

彩都《あやと》くんみたいに、頭よくないから、アイディア浮《う》かばないよ。

彩都《あやと》くん。

絶望《ぜつぼう》で打ちひしがれる。

神様、お願《ねが》いだから。彩都《あやと》くんのために——。

「**あきらめんなよ**」

中野《なかの》くんが、ちょっといらだったような声を上げる。

「**宣伝《せんでん》だよ、宣伝《せんでん》！** クラスのやつ全員に手伝《てつだ》ってもらって、宣伝《せんでん》するんだよ！」

「宣伝《せんでん》？」

「見てくださいって頼《たの》むんだ。そしてよかったら家族とか友だちにすすめてもらうんだよ。

見たやつの友だちがまた友だちにすすめてくれるかもしんねえだろ。素人《しろうと》なんだから、最《さい》初《しょ》からたくさん見てもらえるって思うな！」

「あ。そ、そうか」

わたしは顔をあげる。

「み、みんなぁ!! お願《ねが》い！ 友だちとか、家族とか、みんなに見てもらって！ おすすめしてもらって！」

クラスのみんなはうなずいた。

「帰ってからお願《ねが》いしてみる！」


放課後《ほうかご》になって、わたしたちは公園で結果《けっか》を待つ。

だけど、少し増《ふ》えただけ。きっとクラスの子の家族が見てくれただけかなっていう数字だった。

「ダメ……かあ」

絶望《ぜつぼう》して空をあおいだら、空はどんよりと曇《くも》っていた。

ああ、今にも泣《な》きだしそうな空。

じわっと景色《けしき》が涙《なみだ》でゆがむ。

だけど、泣《な》いても、彩都《あやと》くんは目を覚《さ》まさない。

考えないと。

こんなことで、あきらめちゃ、ダメだ。立ちあがらないと——。

涙《なみだ》をこらえて大きく息をはいたとき。

「えっ!?」

キリコちゃんが急に大きな声をあげた。

「ま、真帆《まほ》ちゃん、ちょっと見て！」

あわてて涙《なみだ》をぬぐうと、タブレットの画面を見る。

「え？」

目をうたがった。

「ええええ!?　再生回数《さいせいかいすう》が……1000、1500……えええええ!?」

再生回数《さいせいかいすう》が一気にはねあがっていたんだ！

14 中の人は

「なにこれ……って、あ」

ショーゴが画面の一部を指さす。

「なんか……バズってる……**えええええ⁉**　すげえ！　拡散《かくさん》してくれてるの、ハルキッズじゃん⁉」

「え？」

ハルキッズって、あのハルキッズ⁉

画面を見ると、ハルキッズのアバターがこっちを向いてニヤッと笑《わら》っていた。

動画の下にある、おすすめしてくれてるアカウントのところにあるのは、たしかにハルキッズのアカウント。

何度確認《かくにん》しても本人のものだった。

「ど……ど、どういう……」

な、なんで⁉

どういう理由で⁉

と目を泳がせていると、ベンチのとなりにはいつの間にか中野《なかの》くんが立っていた。

「**あーあ。最後《さいご》の手段《しゅだん》、使《つか》っちまった**」

目が合うなり、中野《なかの》くんはニヤッと笑《わら》う。

らしくない、不敵《ふてき》な顔。

どこかで見たことがある。しかもつい最近《さいきん》……って、どこでだったっけ？

「え？」

中野《なかの》くんがメガネをとる。そして前髪《まえがみ》をグッと持ちあげた。

あらわになったその顔は。

画面に映《うつ》っているハルキッズのアバターとどう見ても同一人物だった!!

「うそだろ」

「マジかよ」

ショーゴと渋谷《しぶや》くんがぼうぜんとこぼす。

「みんなには内緒《ないしょ》な？」

わたしとキリコちゃんは「ウソ……」とつぶやいた。

「「「**ええええええええ!?　ハルキッズううう!？!？**」」」

「いや、妙《みょう》にくわしいし、もしかしてって思ってたけど、まさか本当にそうとは思わなかった」

と、ショーゴ。

「そういえばたしかに名前、遥希《はるき》だけど、こ、こんな身近にいたとか信《しん》じらんねえ……」

渋谷《しぶや》くんもびっくりしている。

その顔はどこか浮《う》かれていてだらしないなって思う。

けどまあしょうがないよね。

あこがれの人が近くにいたってなったらこんな顔してても……。

とか思ってると、

「真帆《まほ》ちゃんは絶対《ぜったい》人のこと言えないからね。日比谷《ひびや》くんを見てるとき、もっとひどいからね」

とキリコちゃんに言われる。

えっ、そうなの？

中野《なかの》くんがゲラゲラ笑《わら》い、わたしは彼《かれ》を見る。そして心をこめて言った。

「中野《なかの》くん、ほんと、ありがとね……これで、見てくれる人すごく増《ふ》えた」

ちょっとくやしかったりもするけどね。

自分たちの力だけじゃ、結果《けっか》を出せなかったから。

中野《なかの》くんはため息をついた。

「もうちょっと待ってたらじわじわ伸《の》びるかなって思ったけどさ、今回はのんきに待ってるわけにもいかねーじゃん」

前髪《まえがみ》を上げた中野《なかの》くんは、すごく綺麗《きれい》な顔をしている。これじゃあ……別人《べつじん》すぎてわかんないよ。

「だけど、別《べつ》にさあ、再生回数《さいせいかいすう》が伸《の》びなくてかわいそうだから、とかでやったわけじゃねえから」

え？　違《ちが》うの？

わたしはびっくりする。

「おれは、おまえらを尊敬《そんけい》してる。だから、拡散《かくさん》しただけ」

「そ、そんけー!?」

ええっ、どこを？　どうして!?

ハルキッズの動画に比《くら》べたら、わたしたちの動画とか、彩都《あやと》くんとわたしくらいの差《さ》があるよ!?

「上野《うえの》、すげえ自虐《じぎゃく》だな!?」

中野《なかの》くんは苦笑《にがわら》いしたあと、ふー、と長いため息をついた。

「おまえらさ、自分の本気を、否定《ひてい》されるのってこわくねえの?」

「本気を否定《ひてい》される?」

わたしは首をかしげた。

「おまえらがやってることは正しいし、すげえことだけどさ、世の中には、それを真《ま》っ向《こう》から否定《ひてい》してくるやつだっているじゃん。おまえらのやってることとか、ぜーんぶムダってさ」

中野《なかの》くんがちらっと目線を動かすと、渋谷《しぶや》くんが気まずげに苦笑《にがわら》いをした。

わたしの頭の中には、今までのいやだったことが浮《う》かんでくる。

前の渋谷《しぶや》くんたちとか、キャンプでのお兄さんたちとか、花火大会のときのバイキンとか。

「おれだってさ、アンチとか湧《わ》いたらやっぱへこむし。でも、おれの場合、日常生活《にちじょうせいかつ》は別《べつ》だから切りはなしてやっていける。最悪《さいあく》、**配信《はいしん》やめちまえば元通り**だろ? ふつうに中野《なかの》遥希《はるき》として生きていける。やり直せる」

中野《なかの》くんは前髪《まえがみ》を下ろすと、メガネをかけた。

「でもおまえらは違《ちが》うじゃん。身近なやつはおまえらのやってること知ってるし、その上でさらに活動を広げてるってことは逃《に》げ場《ば》がない。それってさ、**逃《に》げるつもりがない**んだろ？　つええなって思う」

中野《なかの》くんはわたしたちを見回す。

そして、持っていたタブレットを操作《そうさ》した。

「**だから。応援《おうえん》する**」

ポチッとボタンを押《お》すと、動画が開いた。

『**まいど！　ハルキッズやで！　今日はごっつうええ動画を紹介《しょうかい》してこと思てるんや〜！**』

なんと、ハルキッズがわたしたちの取り組みについて紹介《しょうかい》してくれてる！！？？

『環境問題《かんきょうもんだい》とか、めんどいしあんまやってへんかったけどさ、こうやってがんばっとるやつら見たら、おれもなんかやらなあかんなって思うわ。しかもこれ、友だちのためやって。ほんでまたいっしょにがんばろとか、泣《な》けるわ〜！』

なめらかにしゃべるハルキッズを、わたしたちは息をのんで見守る。

『おれも、今度からこういう世のため人のためになるチャレンジも、やっていこうと思ってんねん！　応援《おうえん》したってや！』

どこかあやしい関西弁《かんさいべん》でハルキッズがしゃべるたびに、

「わ、わ、わあ!!　再生回数《さいせいかいすう》が！　すごいことになってるうう!!」

キリコちゃんが興奮《こうふん》した声をあげる。

見ると、再生回数《さいせいかいすう》が爆《ばく》あがり!!

「あっという間に万超《こ》えた!!　こわ!!」

ショーゴがその場で何度もジャンプする。

「これがインフルエンサーの力……**やべえ。鳥肌《とりはだ》立ってきた**」

渋谷《しぶや》くんも自分を抱《だ》きかかえるようにしている。

わたしはハッとして腕時計《うでどけい》を見る。

「あああああ！！！」

ぴくりとも動かなかった残《のこ》り時間が一気に増《ふ》えはじめていた。再生回数《さいせいかいすう》に連動《れんどう》するかのようにじわじわ増《ふ》える。

うわあああやばい！

今までで一番やばい!!

かと思うと一気に目標値《もくひょうち》まであと1分となる。

ええぇ、なんか、すごいんだけど!?

「目標《もくひょう》、達成《たっせい》できそうだよ！」

わたしが興奮《こうふん》して言うと、キリコちゃん、ショーゴが「まじ!?」と顔を輝《かがや》かせた。

「えっ、なに!?」

事情《じじょう》をそこまでしっかり把握《はあく》していない渋谷《しぶや》くん、そしてまったく事情《じじょう》を知らない中野《なかの》くんは訳《わけ》がわからないといった様子。

でも今は説明《せつめい》とかしてる場合じゃないよ！

この機会《きかい》、逃《のが》しちゃったら、彩都《あやと》くんを連《つ》れもどせなくなるかもしれない!!

前に夢《ゆめ》を見たときは、時計の目標値《もくひょうち》を達成《たっせい》して、時計の色が緑になったときだった。

でも、あの公園にいないと夢《ゆめ》は見られなかった。

だから、わたし、行かないと。

「わたし、夢《ゆめ》見るために初戀川《はつこいがわ》公園、行ってくる！」

「わたしも行く！」

キリコちゃんが言うけれど、ショーゴが止めた。

「ちょっと待て。日比谷《ひびや》のとこにだれかいたほうがよくないか？　みんなで行ったら起きたかどうかわかんねーじゃん」

「あ、そっか」

キリコちゃんがハッとする。

「そうだね、二手に分かれよう」

ショーゴがちょっと考えこむと、言った。

「って端末《たんまつ》ないと連絡《れんらく》できねーから……四ツ谷《よったに》は渋谷《しぶや》といっしょに日比谷《ひびや》んとこ行って。連絡《れんらく》するから。あ、渋谷《しぶや》は日比谷《ひびや》の親、知ってるだろ？　面会できるように頼《たの》んでくれ」

「ああ。前は遊びに行ってたし、まかせとけ」

渋谷《しぶや》くんがうなずく。

けれどキリコちゃんは首をかしげた。

「って、真帆《まほ》ちゃんもショーゴもタブレットないよね？」

あ、たしかに！

するとショーゴは中野《なかの》くんをふり返った。

「中野《なかの》、悪いけどちょっとつき合ってくれ！　おれたち端末《たんまつ》持ってねえから!!　四ツ谷《よつたに》と連絡先交換《れんらくさきこうかん》して、通話するの手伝《てつだ》ってくれ」

「え、えっと、いいけど……なにが起こってるか説明《せつめい》してほしいんだけど」

中野《なかの》くんはいぶかしげだ。

そりゃそうだよね！　公園に行きながら説明《せつめい》するから！

15 夢《ゆめ》の中へ

「マジで？？？　未来《みらい》が、見える!?」

公園に行く道すがらわたしと彩都《あやと》くんの事情《じじょう》を簡単《かんたん》に説明《せつめい》したけれど、中野《なかの》くんは半信《はんしん》半疑《はんぎ》って感じだった。

「まあ、信《しん》じられなくっても無理《むり》はねえ。おれも最初《さいしょ》はウソだろって思ったけどさあ。真《ま》帆《ほ》だけじゃなく日比谷《ひびや》が大真面目《おおまじめ》に言ってるし。なにより真帆《まほ》がこんなうまい作り話できるような才能《さいのう》ないって四ツ谷《よったに》が」

ショーゴがフォローすると中野《なかの》くんはうなずいた。

「まあ、たしかに。日比谷《ひびや》はともかく上野《うえの》はな……」

なんでみんな、そこで納得《なっとく》しちゃうの!?

むうと頰《ほお》をふくらませてしまうと、

「ま、まあ、今の日比谷《ひびや》の状況《じょうきょう》、どう考えても常識《じょうしき》じゃ答えが出ないもんな」

中野《なかの》くんはちょっと言《い》い訳《わけ》するように言う。そしてたずねる。

「で、これからどうすんの」

「これからわたし、夢《ゆめ》の中に入って……彩都《あやと》くんに呼《よ》びかける。起きてって」

ゴクリ、とショーゴと中野《なかの》くんの喉《のど》が鳴った。

「そんなこと、できんの？」

「できるかどうか、わかんないけど……やってみる！」

不安《ふあん》だらけだったけれど、やるしかないよ！

公園にたどり着くと、わたしは大きく深呼吸《しんこきゅう》をした。

そして結婚式場《けっこんしきじょう》の看板《かんばん》の前に立つ。

ショーゴと中野《なかの》くんが心配そうに見守るなか、わたしは言った。

「**行ってくる**」

見下ろすと、腕時計《うでどけい》の数値《すうち》がちょうど目標値《もくひょうち》を達成《たっせい》したところだった。

大きく息を吸《す》うと、緑色に光りはじめる画面にわたしはそっと手をふれる。

ザーザーという雨音が耳に飛《と》びこんできた。

ギュッと閉《と》じていた目を開くと、景色《けしき》が一変《いっぺん》していた。

ああ、ここは。

そこは久々《ひさびさ》の夢《ゆめ》の中だった。

わたしは前と同じように、彩都《あやと》くんの結婚相手《けっこんあいて》のお姉さんの目を通して世界を見ているみたいだった。

お姉さんは、彩都《あやと》くんの腕《うで》に手を乗せて、式場の中央を走る、赤い絨毯《じゅうたん》の上を歩いているみたい。

絨毯《じゅうたん》の先には出入り口があり、扉《とびら》が大きく開かれていた。扉《とびら》の向こう側《がわ》は照明《しょうめい》でキラキラと光り輝《かがや》いていた。

って、あれ？　これはどういう状況《じょうきょう》？

あ、そういえば、前はショーゴにじゃまされたんだっけ？　あれってどうなったんだろ？

そばに座《すわ》っているお客さんが拍手《はくしゅ》をして、おめでとうって声をかけている。

あ、もしかして、結婚式《けっこんしき》、終わろうとしてる!?

す、すごい！

――ってアアアアア、もしかしてあの誓《ちか》いのキスの場面ってスキップされちゃってるううう!?

肝心《かんじん》なところが終わっちゃってるううう!!

って、それどころじゃないからわたし！

頭をポカポカと叩《たた》きたくなったけれど、例《れい》によってわたしは体をぴくりとも動かすことができない。

ああああ！　そうだった！

わたし、ここでは見てるだけでなにもできないんだった！

じゃあ、どうすればいいんだよ!!

もがく。

もがいて少しでも体を動かしたい。

彩都《あやと》くんに伝《つた》えたい。待ってるよって。

だけどお姉さんは、わたしにはなにも気づくことなく歩いていく。

手が届《とど》きそうなのに、届《とど》かない。

むしろふれているはずなのに、なんの影響《えいきょう》も与《あた》えられない。

映画《えいが》の中の人とそれを見ている人みたいに、生きている時間が――世界が違《ちが》うのをひしひしと感じた。

どこからか**ドドド**、というゾッとするような音が聞こえた気がした。

まさか、まさか、今？　今流されちゃったら、彩都《あやと》くん、連《つ》れもどせなくなっちゃうんじゃ……！

絶望的《ぜつぼうてき》なこの状況《じょうきょう》。

せっかくここまでやってきたのに……**あと一歩なのに……!!**

彩都《あやと》くん。

彩都《あやと》くん！！！

お姉さんの口、開けえええええ！！！
おなかの底《そこ》から叫《さけ》ぼうとする。
でもやっぱりなにも起こらない。
どうすれば、どうすればいいんだよおおおお！！！

16 2024年で待っている

もうずっと頭がぼんやりとしている。

そんな僕《ぼく》に、だれかが呼《よ》びかけた。

「新郎《しんろう》さま、そろそろご用意をお願《ねが》いします。花嫁《はなよめ》さまのご支度《したく》もできておりますよ」

ああ、この場面。

何回目だろうか。

僕《ぼく》の目の前には、大きな鏡《かがみ》があり、鏡《かがみ》の中の26歳《さい》の『僕《ぼく》』はタキシードを着ている。

知っている。

これから式場に向かい、父親と歩いてくる花嫁《はなよめ》があまりにも綺麗《きれい》で、『僕《ぼく》』はおどろくんだ。

そして……結婚式《けっこんしき》がおごそかに行われて、最後《さいご》には濁流《だくりゅう》がすべてをのみこんでいく。

途切《とぎ》れた映像《えいぞう》はまたどこかの場面に戻《もど》り、同じことをくり返す。

それは結婚式《けっこんしき》のシーンだったり、もっと前、ふつうに会社に行っている場面だったり、大学に行っている場面だったり。

壊《こわ》れた機械《きかい》みたいに、ツギハギだらけの映像《えいぞう》が流れている。

延々《えんえん》と流れるそれを、あまりに長いあいだ見ていたものだから、僕《ぼく》は、僕《ぼく》が何者なのか、わからなくなりかけていた。


そんな僕《ぼく》のことを知ることもなく、『僕《ぼく》』は控《ひか》え室《しつ》を出た。

そして入り口に置《お》いてあるものにふと目を留《と》める。

ん？

『僕《ぼく》』の目を通して飛《と》びこんできたものに、僕《ぼく》は、ぼんやりした頭をなぐられたような気持ちになった。

今まで、見たことがないものだったから。

あれ？　こんなもの、今まではなかった。

絶対《ぜったい》になかった。

それは、受付《うけつけ》に置《お》かれたモニター。

流れているのは、小学生くらいの子どもたちが映《うつ》った映像《えいぞう》だった。

音がしぼってあるからよくわからないけれど、なにかを訴《うった》えている。

『僕《ぼく》』は何気なく立ち止まってそれを見ている。

「**これは……**」

つぶやきながら、『僕《ぼく》』はモニターに近寄《ちかよ》った。

え、なんだ、これ？

僕《ぼく》がおどろいていると、『僕《ぼく》』はじっと映像《えいぞう》を見た。

そこでは自作したらしいダンボールコンポストの画像《がぞう》があって、そしてゴミを減《へ》らそうって訴《うった》えている。

ああ、コンポストか。……作ったかも。

でも、いつ？　どこで？　最近《さいきん》だったような——。

そう思ったとたん、なぜか、涙《なみだ》が出そうになる。

と思ったら、『僕《ぼく》』も、洟《はな》をすすっている。

「そうだった。この活動が僕《ぼく》たちを結《むす》ぶ絆《きずな》になったんだ」
どういうことだ？
今までは、こんな場面、なかったのに。
『これで「未来守り隊《みらいまもりたい》」の活動報告《かつどうほうこく》、終了《しゅうりょう》ですっ!!』
未来《みらい》、守《まも》り、隊《たい》？
――それって。
頬《ほお》を思い切り張《は》られたような気持ちになった、そのときだった。
『日比谷《ひびや》くん。起きて』
突如《とつじょ》、時雨《しぐれ》のように大勢《おおぜい》の声がした。
起きて？
どういう、ことだ？

だれかが言った。

『**彩都《あやと》くん。わたし、2024年で、待ってるから**』

動画の最後《さいご》。クラスメイトにかこまれたひとりの女子が、こちらをじっと見つめていた。

マスクをしているから、顔は全部見えない。

でも、そのまっすぐなまなざしに胸《むね》がどくんと動く。

頭の中のモヤがふっと消える気配がした。

『**アヤト！**』

『**日比谷《ひびや》くん！**』

『**日比谷《ひびや》、起きろ！**』

どこか遠くで懐《なつ》かしい声が聞こえる。ああ、これは、たしか、クラスメイトの……。

それを聞いていると、だんだん頭が働《はたら》きはじめる。いつもみたいに、考えることができるようになってくる。

2024年――。

僕《ぼく》はハッとした。

そうだ、今は。

そして、僕《ぼく》は。

僕《ぼく》は――『**11歳《さい》の日比谷彩都《ひびやあやと》**』。

『――**彩都《あやと》くん!!!**』

それから……この声は。

この子は。

僕《ぼく》の大事な――。


重たいまぶたを持ちあげて、うっすらと目を開くと、そこには泣《な》き顔《がお》があった。

僕《ぼく》の、大好《だいす》きな、女の子の。

「ま、ほ……?」

かすれた声が出ると、その顔が泣《な》き笑《わら》いの顔になった。

『彩都《あやと》くん！！！！』

タブレットの画面いっぱいの真帆《まほ》が笑《わら》う。

ああ、ひまわりみたいだ。

底《そこ》なしに明るくて、見ているだれもを力づける。へこたれそうになっても、この笑顔《えがお》が見たいから、がんばれる。

『よかったあああああ！！！　ほんっとよかったよおおおお』

号泣《ごうきゅう》しながら真帆《まほ》が画面に顔をくっつけてくる。ひどい顔。だけど、かわいい。この世で一番、かわいい。

「あり、がと」

それから。

大好《だいす》きだ。

そう言おうと思ったけれど、

『彩都《あやと》くん！　今からすぐ行くから!!　待ってて!!』

ブツと通話が途切《とぎ》れる。

「話、聞けよ――」
真っ暗になった画面に苦笑《にがわら》いしながらも、僕《ぼく》は代わりにタブレットを思い切り抱《だ》きしめた。

17 引きかえに失《うしな》うもの

猛《もう》ダッシュで彩都《あやと》くんのところにかけつけたわたしだったけれど、病院にかけこむなり、

「彩都《あやと》くん～～～よかったああああああ！！！」

と無意識《むいしき》に叫《さけ》んでしまって、看護師《かんごし》さんに怒《おこ》られて、強制退場《きょうせいたいじょう》させられてしまった！

うわあああん！　顔も見られないとか無念《むねん》！

わたしのバカ！（病院ではお静《しず》かに！）

そうして待ちに待った次の日。

あらわれた彩都《あやと》くんに、クラスのみんなは大喜《おおよろこ》び！　もちろん、昨日《きのう》からおあずけを食らっていたわたしもだ！

「みんな、心配かけて、ごめん」

そう言って彩都《あやと》くんは、教室を見回した。

そして、最後《さいご》にわたしを見て、すごくやさしい顔で笑《わら》ったんだ。

うっわああ！

わ、わたしに向かって笑《わら》ってくれた!?

う、うれしいよおおお！！！——って、あ！

ハッとして思わず後ろを見て、だれもいないか確認《かくにん》してしまう。だって、なんか、すごく大事なものをもらったみたいな気持ちになっちゃって。

すると、彩都《あやと》くんが苦笑《にがわら》いしながら近づく。そして、そっとささやいた。

「真帆《まほ》、ありがと」

ああ、ほんとに、わたしに、笑《わら》ってくれてたんだ。

うれしくて、でもなんだか涙《なみだ》が出そうになった。

この想いは絶対《ぜったい》に届《とど》かないのに。

わたし、彩都《あやと》くんのこと、どんどん好《す》きになっちゃうよ。

放課後《ほうかご》、公園に集まったわたしたち未来守り隊《みらいまもりたい》メンバー、プラスアルファ。

公園は子どもたちでにぎわっていて、クラスメイトの顔もちらほらあった。

「これ、ほんとに真帆《まほ》たちが作ったの？　ちょっとプロっぽい」

彩都《あやと》くんはわたしたちの動画を見て、感心したような声を出した。

「……う、うん。ちょっとくわしい人に手伝《てつだ》ってもらったんだ」

わたしは顔をひきつらせ、ちらっと公園のすみに居《い》た人に目を向ける。

中野《なかの》くんは素知《そし》らぬ顔で、なにか写真を撮《と》っている。

どうやらハルキッズであることは、わたしたち以外《いがい》には言うつもりはないらしい。

「……え、でも、これが夢《ゆめ》に出てきたってことは……どういう、ことだ？」

彩都《あやと》くんがなにかぶつぶつと言って首をかしげたとき、

「おい、あれ見た？　バイキンの」

だれかの声が耳に飛《と》びこんできて、思わずムッとする。あ、元渋《もとしぶ》たち！

うーん、バイキンって名前、あんまり聞きたくないよ！

そもそも、彩都《あやと》くんが倒《たお》れたのってあのさわぎのあとだし、なんかすっごく印象《いんしょう》悪いんだよね。

それに！

ハルキッズのおかげでせっかく未来守《みらいまも》り隊《たい》の活動が広まってるのに、バイキンのマネされたら温暖化《おんだんか》が進んじゃう！　帳消しになっちゃうよ〜〜!!　やだよ〜〜!!

って考えたとき、さらに追加情報《ついかじょうほう》が耳に入ってきた。

「あ、この燃《も》えてるやつ？　あいつらサイテーだよな」

ん？　燃《も》える？

耳を澄《す》ませてみると、元渋《もとしぶ》たちがタブレットをかこんでしらけた顔で話している。

「子どもに注意されるとかさあ、はっず」

「あれ、めっちゃかっこわるかったよな」

子どもに注意？　って思っていると、いつの間にか近づいていた中野《なかの》くんがニヤニヤしながら言った。

「これおまえらか？」

こそっと耳打ちされる。

「え」

見ると、中野《なかの》くんがまとめニュースを見せてくれる。

そこには、

『バイキン、小学生に注意される！』

という目立つタイトルがあり、わたしは目をむいた。

んんん!?

くわしく見ると、タイトルの下の写真の中で、ひょっとことおたふくのお面をかぶった小学生がバイキンと向かいあっている。

『食べものをムダにしておもしろがるのは、よくないと思います』

キリッとした声が、バイキンのリーダーに投げかけられる。

た、たしかに、これ、わたしと彩都《あやと》くんだ!!!

「通行人のだれかが撮《と》って、勝手にSNS《エスエヌエス》にあげたっぽいけど」

中野《なかの》くんがヒソヒソ言う。

『大量消費《たいりょうしょうひ》のスタイルはもう古いよなw』

『子どもの方が意識《いしき》たけ~じゃんwww』

『見習えよ、バイキン』

そんなコメントがたくさん書かれている。

あ!　わたしたちの味方してくれてる~!!

ちょっとだけ胸《むね》がスッとしたけれど、同時になぜだかおなかのあたりがひやっとする感《かん》覚《かく》があった。

そんなわたしのとなりでは、ショーゴが青ざめている。

「これ、お面、かぶってるけど……まさか真帆《まほ》か？　それから……日比谷《ひびや》……なんで……これって花火大会……ふたり……」

魂《たましい》がぬけそうなショーゴに向かって、キリコちゃんがあわてたように言う。

「ち、違《ちが》うよねえぇ？？？　真帆《まほ》ちゃん！　他人の空似《そらに》だよ！　だってひょっとことおたふくとか、ふつう買わないでしょ！」

キリコちゃんがチラッチラッとわたしに目配せをする。どうやら否定《ひてい》しろって言ってるっぽい。

ああ、炎上《えんじょう》に巻《ま》きこまれたら大変《たいへん》だもんね！

「ち、違《ちが》うよお……？」

わたしはあいまいにごまかし笑《わら》いをする。

「そっかあ……。そっかぁ？」

それでもいぶかしげに動画を見直しているショーゴに苦笑《にがわら》いしながらも、いつの間にか全身に鳥肌《とりはだ》が立っているのに気づく。

モゾモゾとした気持ち悪さをはらうようにわたしは歩きだした。

今回の動画配信《どうがはいしん》って、すごく短時間で効果《こうか》があって、彩都《あやと》くんも目覚《めざ》めて、いいことずくめ……のはずだったけど。

それって実は、危険《きけん》ととなりあわせだったんじゃないかなって。

そう思ったらなんだかこわくなったんだ。

心を落ちつけようと、噴水《ふんすい》の前に立つ。

そして水面を見つめていると、

「お面、かぶっててセーフだったな。ああいう炎上《えんじょう》させたがるやつ、どこにいるかわからないから」

となりに来た彩都《あやと》くんが言った。

わたしはため息をついて、うなずく。

たくさん人が見るってことは、そのなかにいろんな人がいるってことだ。

いい人ばっかりじゃない。悪意がある人だっている。おとしめようって考えたら、手段《しゅだん》を選《えら》ばない人もいる。

自分たちが知らないところで、だれかが自分のことを好《す》き勝手《かって》言っている。

それが、すごくこわかった。

やっぱり、近くにいる人、知っている人に伝《つた》えるほうが、性《しょう》に合ってるのかもしれない。

けど……**それじゃあ、すごく時間がかかっちゃう。**

モヤモヤが言葉にならなくて、時計をじっと見つめていると、

「目標値《もくひょうち》、更新《こうしん》されてるな」

彩都《あやと》くんがむずかしそうな顔で言った。

時計はいつの間にか新しい目標値《もくひょうち》が設定《せってい》されていて、また10分追加《ついか》になっている。

「今回の夢《ゆめ》は……どこまで進んでた？　僕《ぼく》、ちょっと混乱《こんらん》してて」

ああ、そうだよね。ずっと夢《ゆめ》の中にいたんだもん。

わたしは思い出す。

退場《たいじょう》してたってことは、結婚式《けっこんしき》の行事はだいたい終わったあとだと思う。

「ええっと……結婚式《けっこんしき》の終わりくらい？　ふたりが退場《たいじょう》してたんだ」

そう答えながら、ふと思った。

災害発生《さいがいはっせい》の日時はどんどん後になっていってる。

だけど、これって、どこまで進んだらクリアになるのかなあ？

結婚式《けっこんしき》が無事《ぶじ》に終わってしまったら？

それとももっと先の未来《みらい》まで？

だって、結婚《けっこん》したら終わりってことはないよね？

むしろそれからもふたりの未来《みらい》は続《つづ》いていくわけで……。結婚式《けっこんしき》が終わってから水害《すいがい》にあっちゃったら、おんなじことだよ。

それって終わりがない旅みたい。

そりゃそうだよね、温暖化《おんだんか》ってちょっと気をぬくと進んじゃうものだから。

もっと、根本的《こんぽんてき》なことから変《か》えないと、ダメなんじゃないのかなあ……。

そんなことを考えていると、彩都《あやと》くんの綺麗《きれい》な目がわたしをじっと見つめているのに気づく。

眠《ねむ》っていて閉《と》じていたまぶたが今、しっかりと開いている。

じんわりと実感して、
彩都《あやと》くん、ほんとに起きてる〜〜〜!!

よかったあああ!!

何回でもそう思ってしまう。

ほんと、夢《ゆめ》の中から連《つ》れだせてよかったあああ……。

涙《なみだ》ぐんでしまうと、彩都《あやと》くんがちょっと心配そうに顔をしかめた。

「真帆《まほ》、どうした?」

ああ、真帆《まほ》って呼《よ》んでくれてる……。

ちょっとしたことでも涙《なみだ》が出そうになったけれど、あれ? と思った。

彩都《あやと》くんの声とかぶるようにして、ブワッと病室にいた彩都《あやと》くんのことが頭に浮《う》かんだんだ。

『マ、ホ』

かすれたような、小さな声。

そういえば。

病院で眠《ねむ》っていたとき、どうして、わたしの名前、呼《よ》んでくれたんだろ?

だって、彩都《あやと》くんは、未来《みらい》の夢《ゆめ》の中に、いたわけで。

その夢《ゆめ》の中に、わたしもいたってこと、なのかな？

でも、どこに？

わたしは夢《ゆめ》の中の景色《けしき》を思い出す。

招待客《しょうたいきゃく》の顔を思いうかべる。

だけどそこにはわたしの顔はなかったような気がした。

だからわたしは結婚式《けっこんしき》には呼《よ》ばれなかったのかなあ、となんとなく思ってたんだけど。

でもよく考えたら、キリコちゃんとショーゴはいたから、**わたしだけいないのって変《へん》**だよね。

どうして？

わたし、彩都《あやと》くんのとなりにいるお姉さんの目から景色《けしき》を見てたから、近くにいたらわかるはずなのに。

ふと、わたしは噴水《ふんすい》の水面に映《うつ》った自分の顔を見た。

それが、あの泥《どろ》の中のお姉さんのイメージと重なってびくりとした。

——まさか。

まさか、ね？
そんなこと、あるはずは、ない。
印象《いんしょう》は、違《ちが》う。
だって、あのお姉さんはすっごく綺麗《きれい》だったし。
でも。**なんとなく、似《に》てる。**
ふと思う。もし、もしもわたしがお化《け》粧《しょう》したら、あんな顔にならないかな……？
「真帆《まほ》、ちょっと話があるんだけど――」
彩都《あやと》くんはいつの間にかすごく真剣《しんけん》な顔になっていた。
真剣《しんけん》っていうか、深刻《しんこく》な、顔だった。

ドキリとする。

なんだかこわい。

彩都《あやと》くんが言おうとしていることを聞くのが、こわい、と思った。

「眠《ねむ》る前に気づいたことがあったんだ」

「……眠《ねむ》る、前？」

そういえば、なにか言ってた気がする。

「海《うみ》さんが言ってたろ。透明《とうめい》になるってさ……つまり、おたがいが見えなくなるっていうことだよね」

「おたがいが、見えなくなる」

わたしはぼうぜんとつぶやいた。

頭の中にはお姉さんの顔が浮《う》かびあがったまま。頭が半分も働《はたら》いていなかった。

最初《さいしょ》に見た、あの顔。

わたしに向かって、水たまりの中から叫《さけ》んだ顔。

『彩都《あやと》を返して！』

あれって、もしかして。

――大人になったわたし……？

わたしが。

わたしが、温暖化《おんだんか》を止められなかったから。

だから、彩都《あやと》くんは、流された。

「おたがいが見えなくなって。いるか、いないか、わからなくなれば……消えるのは、なんだろう？」

考えようとするけど、頭が拒否《きょひ》する。

そんなこと、わからない。

わかりたく、ない。

バクバクと胸《むね》が音を立ててうるさい。

あきらめたら、ふたりとも死んじゃうって思ってた。

だけど、実は、回避《かいひ》する方法《ほうほう》、あるよね？

彩都《あやと》くんが前に言ってたことを思い出す。

『〝そんな日〟が来なければ――彼女《かのじょ》は、たすかる。それなら僕《ぼく》は、最初《さいしょ》から違《ちが》う未来《みらい》を選《えら》ぶよ』

そんな日が来なければ。結婚式《けっこんしき》が行われなければ、ふたりはたすかる。だってあの場にいないから。

あのお姉さん――『わたし』が、彩都《あやと》くんをあきらめれば、結婚《けっこん》はなくなって、彩都《あやと》くんはたすかる。

あきらめたら、姿《すがた》が見えなくなる。

あきらめたら、ミッションは終わる。

それって。

わたしはがくぜんと彩都《あやと》くんを見た。

「海《うみ》さんは言った。『わからない。でも、きっとどこかで生きていると思うよ』って」

彩都《あやと》くんは、苦しそうな顔で続《つづ》ける。

「海《うみ》さんは、それから……たぶん、校長先生も。**好《す》きな人の命と引きかえに、『恋《こい》』を失《うしな》ったんじゃないかな**」

あとがき

こんにちは、やまもとふみです。『初恋《はつこい》タイムリミット』４巻《かん》を読んでくれてありがとう！　楽しんでもらえたでしょうか？
今回、真帆《まほ》たちは動画投稿《どうがとうこう》にチャレンジしました！
実はわたしも某投稿《ぼうとうこう》サイトに動画を投稿《とうこう》したことがあるのですが、その際《さい》に参考《さんこう》にした本が今回たいへん役立ちました（笑《わらい》）
動画でバズるのって、本当にむずかしいんですよね……。がんばって作っても、びっくりするくらい見られない！（涙《なみだ》）キリコちゃんみたいに、センスの問題なのか？　とも思いましたが、本編《ほんぺん》にもあるように、どうやら投稿《とうこう》→検証《けんしょう》→修正《しゅうせい》、というような地道な努《ど》力《りょく》が必要《ひつよう》みたいでした……。（お仕事でよく使われる、計画→実行→検証《けんしょう》→改善《かいぜん》をくり返してよりよいものを作っていく手法《しゅほう》があるのですが、まさにそれです）
どのお仕事も楽ではないなあと、しみじみ感じてしまいました（苦笑《くしょう》）

そして！　今回、彩都《あやと》が大変《たいへん》なことになってしまったのですが、そのことで腕時計《うでどけい》の謎《なぞ》、物語の謎《なぞ》がだんだん明らかになってきましたね。さらに、どうやら真帆《まほ》も『例《れい》のあの事実』に気づいたようですが、さてどうなることでしょう……と、とんでもないところで、終わっちゃってすみません（汗《あせ》）次回、真帆《まほ》がどんな行動に出るか、チェックしてみてくださいね！

感想などキミノマチやお手紙で教えてくれると、飛《と》びあがって喜《よろこ》びます！　よろしくお願《ねが》いします〜！

キミノマチといえば、真帆《まほ》たちへのたくさんの質問《しつもん》をありがとう！　わたしへの質問《しつもん》もあったので、回答です。

『初恋《はつこい》タイムリミット』のキャラクターでだれがいちばん書きやすいですか？

（りんりんさん／小4）

ずばり「キリコちゃん」です（笑《わらい》）　あの立ち位置《いち》で真帆《まほ》たちの活動を眺《なが》めたいな～って思ってます！（笑《わらい》）

それから、那流《なる》先生の表紙イラスト、今回もめちゃくちゃまぶしかったですよね！　そして挿絵《さしえ》もあまりにも尊《とうと》い……!!　いつも最高《さいこう》のイラストをありがとうございます!!

担当編集《たんとうへんしゅう》の磯部《いそべ》さま！　毎回的確《てきかく》なご助言をありがとうございます～！　おかげさまで今回もおもしろい話になりました！　今後ともどうぞよろしくお願《ねが》いします！

最後《さいご》に宣伝《せんでん》をさせてください！　昨年《さくねん》11月に角川《かどかわ》つばさ文庫《ぶんこ》さんから『理花《りか》のおかしな実験室《じっけんしつ》』の完結巻《かんけつかん》が発売中です。また春には、『ハピつよ宣言《せんげん》！』（角川《かどかわ》つばさ文庫《ぶんこ》）という新しいお話も始まります。主人公がブラック校則《こうそく》と（それを作ったたいけすかない生徒会《せいとかい》メンバーと）戦《たたか》いながら、世の中の『おかしなこと』に『おかしい！』と声を上げていくお話です。どちらもどうぞよろしくお願《ねが》いします。

そして！　恋《こい》リミ5巻《かん》は、初夏《しょか》ごろ発売予定です……！　波乱《はらん》の続《つづ》きをお楽しみに!!

やまもと　ふみ

初恋タイムリミット」
巻もありがとう
ございました！
今年もよろしく
お願いします
大吉
温暖化停止

ダンボールコンポストで 生ゴミを減《へ》らそう!

彩都《あやと》くんに教えてもらったよ!

用意するもの 縦《たて》35cm・横40cm・高さ30cmほどの
ダンボール箱2つ／古いバスタオル／ゴム紐《ひも》100cmほど
角材《かくざい》など台になるもの／ピートモス15kg／くん炭10kg
〈必要《ひつよう》な道具〉 スコップ／カッター／布《ぬの》テープ

作り方

❶ダンボール箱を組み立て、**すき間があかないように**布《ぬの》テープで留《と》める。上部は内側に折りこみ、布《ぬの》テープで留《と》める。

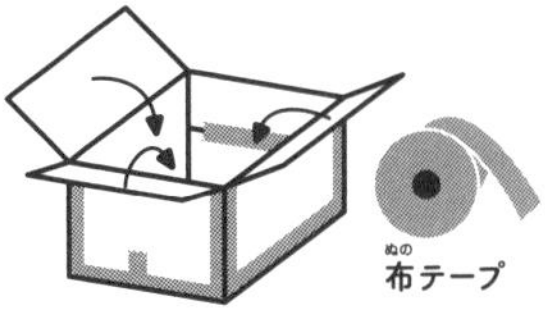

❷もう1つのダンボールの底面《ていめん》を切り取る。①で組み立てた箱の中に敷《し》き、底《そこ》を**二重**にする。

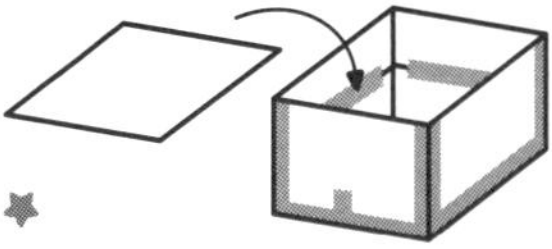

❸箱に、ピートモスとくん炭を**3:2の割合《わりあい》**で入れる。箱の**7分目**くらいの量《りょう》を入れたら、スコップでかき混《ま》ぜる。

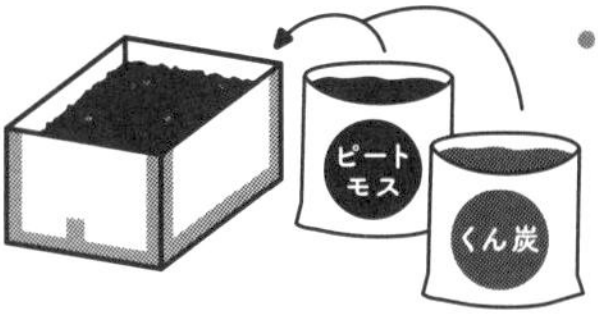

❹上部にバスタオルをかけ、ふたになるようにゴム紐《ひも》で固定《こてい》する。箱は角材《かくざい》などの台の上に置《お》こう。

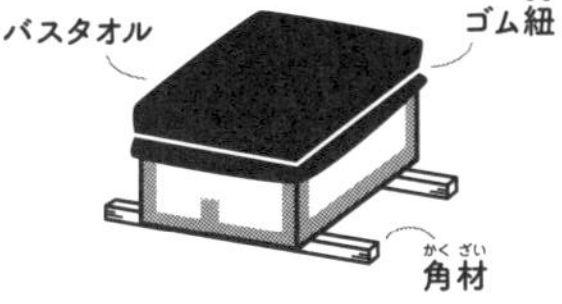

雨の当たらない屋外に置《お》こう。
角材《かくざい》がなければ、すのこや苗箱《なえばこ》、逆《さか》さにしたビールケースなども台として使えるよ。
土が乾《かわ》いていたら水を加《くわ》えよう。軽く土をにぎってまとまるくらいがベスト!

生ゴミを入れるときのポイント

・1日に入れる生ゴミの量《りょう》は、500gまで。
・水分の多いものは、新聞紙の上で少し干《ほ》すか、しぼってから入れてね。
・大きなものは小さく刻《きざ》んで入れよう。・生ゴミを入れる前と後によく混《ま》ぜよう。
・大きな骨《ほね》や貝がら、カニやエビの殻《から》など分解《ぶんかい》しづらいものもあるよ。
・気温が10℃以下《いか》になると、分解《ぶんかい》が遅《おそ》くなるよ。生ゴミの量《りょう》を減《へ》らそう。
・1日1回はかき混《ま》ぜよう。

3か月使ったら、生ごみを入れるのをやめ、1か月間、2～3日に1回かき混《ま》ぜる。パサパサしていたら、少し水を入れてね。植物がよく育つ、肥料《ひりょう》ができるよ!

恋《こい》リミメンバーに interview インタビュー

みんなからの質問《しつもん》に
真帆《まほ》たちが答えちゃうよ～！
※学年は応募時《おうぼじ》の学年です。

真帆《まほ》ちゃん、彩都《あやと》くん！
おたがいの性格《せいかく》を一言で表すとしたら？（みぅさん／小6）

彩都《あやと》くんは、やっぱり、**真面目《まじめ》でかっこいい!!**

真帆《まほ》はとにかく**まっすぐ**だよね

ショーゴとキリコちゃんの好《す》きなタイプは？（かいっちさん／小5　千里 さん／中1　ひだねさん／小5　紫咲花夢さん／中1　友理爽さえさん／小5　ゆるみやるななさん／小6）

……**裏表《うらおもて》がなくて、わかりやすいやつ**……

思いやりがあって、**一緒《いっしょ》にいて楽しい人**、かなあ？

真帆《まほ》ちゃんはつらい時、どうやって気持ちを切りかえてる？
（星花 さん／中3　なつき さん／小6）

おなかの底《そこ》から**大きな声を出す！** わー！って！
そしたらちょっとだけ胸《むね》がすっとするんだ！

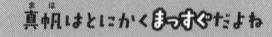

ほか20名以上《いじょう》から!

4人の身長・血液型《けつえきがた》・誕生日《たんじょうび》を教えて!(*あゃ/Aya。さん ／小6)

0型《がた》 2/28生まれ（うお座）

A型《がた》 10/10生まれ（てんびん座）

AB型《がた》 9/18生まれ（乙女《おとめ》座）

A型《がた》 4/5生まれ（牡羊《おひつじ》座）

キリコちゃんにとって、真帆《まほ》ちゃんはどんな存在《そんざい》?

（甘色チョコさん／小5　星野莉愛さん／小6）

かわいい妹ってかんじかなあ?
あぶなっかしいから、守《まも》ってあげたい

昨年《さくねん》のバレンタインチョコ何個《なんこ》もらった?(義理《ぎり》&友チョコをぬいて!)

（音音さん／小5）

もらってないよ。そもそも学校に持ってきたらダメだよね

は? おれがもらうわけねーだろ……

(日比谷《ひびや》くんは真帆《まほ》ちゃんふくめ15人くらいで、
全部「好《す》きな人じゃないと」って断《ことわ》ってたみたいだよ。
ショーゴも……実は渡《わた》したそうにしてる子、
けっこういたんだけど……もらっても断《ことわ》っちゃうんじゃないかな?)

次《じ》巻《かん》予《よ》告《こく》

わたしがこの恋《こい》をあきらめたら、
彩《あや》都《と》くんは、たすかる？

はじめてゆらぐ気持ちのなか、
真《ま》帆《ほ》たちの街《まち》に
大《おお》型《がた》台《たい》風《ふう》が
近づいてきて——？

初《はつ》恋《こい》タイムリミット 5巻《かん》

first love time limit

2025年初《しょ》夏《か》発売予定！

作／やまもとふみ

福岡県出身、千葉県在住。やぎ座のＡ型。主な作品に「理花のおかしな実験室」シリーズ（角川つばさ文庫）、「ソレ、迷信ですから〜〜!!!」シリーズ（講談社青い鳥文庫）がある。趣味は街の散策と野球観戦。

絵／那流（なる）

大阪府出身。血液型Ｏ型。ゲームのキャラデザインや書籍の装画・挿絵などでも活躍中のイラストレーター。現在、『転生少女はまず一歩からはじめたい』シリーズ（MF ブックス）のイラストを担当中。

恋を、失う……!?

POPLAR KIMINOVEL

ポプラキミノベル（や-01-04）

初恋《はつこい》タイムリミット

時間切《じかんぎ》れ!?　未来《みらい》に閉《と》じこめられた彩都《あやと》くん

2025年1月　第1刷

作	やまもとふみ
絵	那流
発行者	加藤裕樹
編　集	磯部このみ
発行所	株式会社ポプラ社 〒141-8210　東京都品川区西五反田 3-5-8 JR目黒MARCビル12階
ホームページ	www.kiminovel.jp
印刷・製本	中央精版印刷株式会社
ブックデザイン	山田和香＋ベイブリッジ・スタジオ
フォーマットデザイン	next door design

この本は、主な本文書体に、ユニバーサルデザインフォント（フォントワークスUD明朝）を使用しています。

ISBN978-4-591-18504-9　N.D.C.913　186p　18cm

P8051125

参考文献

『こども気候変動アクション30　未来のためにできること』
高橋　真樹／著（かもがわ出版）

『やってみませんか　ダンボールコンポスト』
有機農産物普及・堆肥化推進協会／編（合同出版）

『DRAWDOWN　ドローダウン　地球温暖化を逆転させる100の方法』
ポール・ホーケン／著　江守　正多／翻訳　東出　顕子／翻訳（山と渓谷社）

『Regeneration　リジェネレーション　再生　気候危機を今の世代で終わらせる』
ポール・ホーケン／著　江守　正多／翻訳　五頭　美知／翻訳（山と渓谷社）

『TikTokビジネス最強の攻略術　フォロワー〝0人〟から成果を出すSNSマーケティングの新法則』
ガリレオ（前薗　孝彰）／著（技術評論社）

※この本に掲載している情報は、2024年12月時点のものです。

ポプラ
キミノベル
Kemocafe
ケモカフェ!
『総長《そうちょう》さま、溺愛中《できあいちゅう》につき。』の
あいら 新《しん》シリーズ!!
愛《あい》はある日《ひ》、山《やま》で弱《よわ》っている動物《どうぶつ》たちを見《み》つけ、育《そだ》てることを決意《けつい》する。けれど、動物《どうぶつ》たちの正体《しょうたい》は獣人族《じゅうじんぞく》の男《おとこ》の子《こ》だった!? 突然《とつぜん》の同居生活《どうきょせいかつ》がスタートする中《なか》、おばあちゃんが体調《たいちょう》をくずし、大切《たいせつ》なカフェが閉店《へいてん》の危機《きき》に！ 愛《あい》は獣人男子《じゅうじんだんし》たちとカフェ存続《そんぞく》に向《む》けて力《ちから》を合《あ》わすけれど、彼《かれ》らが「花嫁《はなよめ》」を探《さが》しているとわかって……!?
あいら／作 しろこ／絵

SCP《エス シー ピー》ハンター
シャイガイを確保《かくほ》せよ!
黒史郎《くろしろう》／作
古澤《ふるさわ》あつし／絵
SCP《エスシーピー》オブジェクト。
それは、説明《せつめい》のつかない異常存在《いじょうそんざい》。それらを確保《かくほ》・収容《しゅうよう》・保護《ほご》する「SCP財団《エスシーピーざいだん》」の施設《しせつ》から、なんと超《ちょう》キケンなシャイガイが脱走《だっそう》してしまった！　特殊《とくしゅ》スキルをもつカケルたち３人《にん》は、シャイガイ確保《かくほ》のミッションを依頼《いらい》されて!?

ポプラ
シャイガイ
顔《かお》を見《み》た相手《あいて》を地《ち》の果《は》てまで追《お》いかけてくる、恐《きょう》怖《ふ》のSCP《エスシーピー》オブジェクト。
ミッション
3人《にん》のスキルでシャイガイを確保《かくほ》せよ!
カケル
スキル » アクセレート
走《はし》れば走《はし》るほど速《はや》くなる!
skill accelerate
skill candy
ヒナタ
スキル » キャンディ
ふれたものを溶《と》かす!
アユム
スキル » イレーサー
記憶《きおく》を消《け》す!
skill eraser
※本書の掲載内容はSCP財団を原作とし、CC BY-SA 3.0に準拠しています。

読者のみなさまへ

本を読んでいる間、しばらくほかのことを忘《わす》れて、気分転換《てんかん》ができたり、静かな時間をすごせたなら、それだけで素敵《すてき》なことです。笑ったりハラハラしたり、感動したり、物語を読み進めながら心が動く瞬間《しゅんかん》があったなら、それはみなさんが思っている以上に、ほかには代《か》え難《がた》い、最高の経験《けいけん》だと思います。

あなたは、文章から、あなただけの想像《そうぞう》世界を思い描《えが》くことができたということだからです。

「ポプラキミノベル」は、新型コロナウイルスが世界中に広がり、皆《みな》が今までに経験《けいけん》したことのない危険《きけん》にさらされ、不安な状況《じょうきょう》の最中に創刊《そうかん》しました。その中にいて、私《わたし》たちは、このような時に本当に大切なのは、目の前にいない人のことを想像《そうぞう》できる力、経験《けいけん》したことのないことを思《おも》い描《えが》ける力ではないかと、強く感じています。

本を読むことは、自然にその力を育ててくれます。そして、その力は必ず将来《しょうらい》みなさんをおたがいに助け、心をつなげあい、より良い社会をつくりだす源《みなもと》となるでしょう。いろいろなキミのために、という意味の「キミノベル」には、キミたちの未来のためにという想いも込《こ》めています。

——若者《わかもの》が本を読まない国に未来はないと言います。

キミノベルの前身、二〇〇五年に創刊《そうかん》したポプラポケット文庫の巻末《かんまつ》に掲載《けいさい》されている言葉を、改めてここにも記し、みなさんが心から「読みたい！」と思える魅力的《みりょくてき》な本を刊行《かんこう》していくことをお約束したいと思います。

二〇二一年三月

ポプラキミノベル編集部《へんしゅうぶ》